Fernando Lalana

# Morirás en Chafarinas

Premio Nacional de Literatura juvenil 1991

ediciones sm Joaquín Turina 39 28044 Madrid

Colección dirigida por **Jesús Larriba**

*Primera edición: febrero 1990*
*Sexta edición (segunda en cartoné): abril 1992*
*Decimoquinta edición: diciembre 1995*

Fotografías realizadas por David Castro y cedidas
por cortesía de ALTUBE Filmeak, SL
Diseño de cubierta: *Alfonso Ruano*


Ediciones SM
Joaquín Turina, 39 - 28044 Madrid

Comercializa: CESMA, SA - Aguacate, 43 - 28044 Madrid

ISBN: 84-348-3080-9
Depósito legal: M-40093-1995
Fotocomposición: Grafilia, SL
Impreso en España/Printed in Spain
Imprenta SM - Joaquín Turina, 39 - 28044 Madrid

# *Domingo de guardia*

## *1 Adolfo*

SIETE. Horizontal: «Que no se debe ni puede sufrir o soportar». Once letras. Veamos... In-so-por-ta-ble. Doce. In-su-fri-ble. Diez. Vaya, hombre...

Se abrió entonces la puerta, dejando en suspenso mis cavilaciones, y lentamente apareció el rostro de Adolfo, luciendo su eterna semisonrisa y su bigotito a lo Clark Gable.

—El domingo nos toca... ¡guar-dia! —dijo, como si estuviera radiando un anuncio de pasta dentífrica.

Y se me quedó mirando, quizá esperando que yo le riese la gracia. Pero me limité a gruñir un ¡oh, no! rabioso.

—Lo siento en el alma, pero no hay más remedio —añadió.

—¿Otra vez, Adolfo? Pero ¿otra vez? ¡Esto es vergonzoso! ¡Francamente vergonzoso!

—Hombre...

—¡Ni hombre, ni nada! ¿Qué clase de ejército tercermundista es éste, en el que los oficinistas y los furrieles tienen que hacer guardias? ¡A ver! Y además, en domingo.

—¡Mira que te lo he explicado veces! Hay escasez de cabos y los servicios siguen siendo los mismos...

—¡Excusas! Estoy seguro de que el espíritu castrense es contrario a que la distribución de guardias se encuentre mediatizada por la ley de la oferta y la demanda.

Adolfo me miró de soslayo.

—Chico, cuando te pones a hablar raro no hay quien te entienda. Yo lo único que sé es que mientras no llegue el siguiente reemplazo, no cuento con suficiente gente para cubrir los servicios.

—Esto es lo nunca visto. Estas cosas sólo ocurren en el ejército español. Cuanto más veteranos, más puteados. ¿Sabes cuántas guardias hice mientras fui un simple soldado de segunda? ¿Eh? ¿Lo sabes?

—Claro que lo sé. Me lo has contado treinta veces.

—¡Una! Una única, tranquila y solitaria guardia, en un apacible día de comienzos de primavera, sin frío ni calor y con el mejor de los turnos. Sin un solo sobresalto. Hasta la recuerdo con cariño, fíjate lo que son las cosas. Además, por ella me libré de una marcha nocturna. Y no de una cualquiera, sino de aquella en la que al comandante Gutiérrez se le paró el reloj y no se dio cuenta hasta que se hizo de día. ¡Madre, qué risa!

—Es que tú debes de ser el soldado que menos guardias ha hecho desde la fundación de Melilla por los cartagineses.

—Lo era —afirmé con orgullo—. Ostentaba tan honroso *récord* hasta que nos dieron a ti y a mí los galones de cabo. Porque desde que soy cabo, cabo oficinista para más recochineo, ¿sabes cuántas guardias me he chupado?

Adolfo levantó la vista al techo.

—A ver... ¿Cinco, quizá?

—¡Cinco, sí señor! O sea que, con ésta, ¡media docenita! Y todas en domingo.

Adolfo abrió los brazos en un gesto de resignación.

—Venga, hombre, que no es para tanto. A la gente le gusta salir a la calle el domingo y a nosotros nos da igual. Al fin y al cabo, tú y yo salimos todos los días. Además, las guardias de domingo siempre son las más tranquilas, que es lo importante. Por eso las reservo para nosotros.

—No, si aún te lo tendré que agradecer... Al menos, nos habrás metido en la puerta sur.

—Sí, hombre, sí. Puerta sur. Y lo mejor: ¿a que no sabes a quién tendremos como suboficial?

—Si no es Marilyn Monroe, me da exactamente igual.

—¡Al sargento Moreno! ¿Contento?

—¡Radiante de alegría! ¿No me ves, dando saltos?

—Pues no me negarás que Moreno es de lo más legal que se puede encontrar en este grupo [1].

Al menos, sobre eso no había la menor duda.

—De acuerdo, de acuerdo —concedí—. Me has convencido. Te reservo en mi agenda el domingo entero, ¿contento?

De pronto, al hacer aquella broma, me vino la luz. Por un breve instante sentí que se me paraba el pulso.

—¡Un momento! —grité entonces, cuando ya Adolfo abandonaba la oficina—. ¡Un momento! ¿Y la cita que teníamos el domingo en la playa con aquellas dos gemelas? A hacer puñetas, ¿no?

Adolfo abrió los brazos en un claro gesto de impotencia.

—La patria es lo primero, ya sabes.

—Pero, pero... ¡Te mato! ¡Te mato, maldito irresponsable! ¿Cómo es posible que antepongas la seguridad nacional a la posibilidad de ligar con aquellos dos monumentos? ¿Dónde está tu sentido de la dignidad?

—Hala, no seas plomo. Iremos a la playa el sábado en lugar del domingo. Seguro que estarán allí de todos modos. Y, en cualquier caso, te recuerdo que fui yo quien se tomó la molestia de ligar con ellas, ¿no? Pues si ahora arruino el plan, piensa que no has perdido nada. Adolfo te lo dio, Adolfo te lo quitó.

—Lo que hay que oír...

El furriel levantó las cejas a modo de despedida.

—Me voy a la furrielería, a ver si cuento las cantimploras, que creo que ha desaparecido una.

—Ya. Cuidado no te hernies, furrielona...

—Y tú no te ensucies con el papel carbón, secretaria.

Cuando Adolfo cerró la puerta de la oficina, me vino a la mente la palabra, como un *flash* súbito y rabioso: in-to-le-ra-ble. Once letras. Ni más ni menos.

Ni que decir tiene que no encontramos el sábado a las gemelas de la playa, maldita sea mi estampa.

Y el domingo, botas relucientes, ropa limpia de faena,

[1] Grupo: nombre que reciben los regimientos de Fuerzas Regulares

cetme[1] impecable, los cuatro cargadores grandes a la cintura, el pequeño en el fusil, machete y treinta y cuatro grados a la sombra. Bieeen...

Al menos, como decía Adolfo, prometía ser una guardia tranquila, típica de domingo: en la puerta sur, por la que casi nadie entraba ni salía; con Adolfo como compañero; con el sargento Moreno como suboficial... En definitiva, una guardia «perita». Aburrida, claro, pero sin problemas, que es lo importante.

Y, efectivamente, así fue durante toda la mañana. Y a la hora de comer. Y durante el tiempo de la añorada siesta.

Pero, a las cuatro y media de la tarde, minuto arriba o abajo, la tranquilidad se hizo añicos y empezaron los tiros.

## 2 *Aguado*

Tres. Fueron tres. Tres estampidos que rompieron el aire de la tarde, acelerando todos los corazones del grupo. Los nuestros, especialmente. Primero, dos, casi seguidos. Luego, una pausa y otro más. Eran los inconfundibles aullidos de un cetme. Aún siento un repeluco en el cogote cada vez que lo recuerdo. Y es que, quieras que no, cuando tienes un fusil entre las manos, no es fácil evitar pensar en que quizá tengas que utilizarlo. En Melilla, esa neurosis está a la orden del día, y quien más quien menos se ha soñado cien veces en medio de la batalla, matando para no ser muerto, luchando por la vida, que no por la patria...

Cinco minutos antes, Aguado había interrumpido una despiadada partida de dominó a cuatro en la que los cabos nos disputábamos con los centinelas de descanso el turno de la cena.

—El cuatro cinco.

—El cinco dos.

---

[1] Cetme: nombre del fusil de asalto usado por el ejército español.

—Me doblo.

—Me redoblo.

—El cuatro pito.

—La madre que te... ¡paso!

—Pues yo, no. A pitos.

—Dominó.

—¿Otra vez...?

Fue entonces cuando Aguado, un asturiano de Cangas, infatigable bebedor de sidra, asomó más allá del quicio de la puerta su carita pálida y chupada, como de convaleciente de la tisis.

—¡Ejem! Perdonad un momento...

—¿Qué pasa? —preguntó Adolfo sin apartar la vista de la esvástica blanca y negra que las fichas habían formado sobre la mesa. Aguado carraspeó. Cuando empezó a hablar, su tono resultó extraño, como si él mismo no acabase de creer lo que decía.

—Esto... bueno, supongo que... que no os habréis fijado en que la garita de los jardines... está vacía.

Como si hubiese pasado un fantasma, nadie pestañeó durante el espeso silencio que siguió a aquel anuncio.

—¿Es una adivinanza? —pregunté, mientras estrujaba en mi mano el tres doble.

—No, no —negó Aguado levantando las manos—. Yo lo único que digo es que en la garita no hay nadie. Se me ha ocurrido echar un vistazo... y eso: que no hay nadie, vaya.

Adolfo y yo —ahora sí— levantamos la vista a un tiempo y quedamos mirándonos como dos idiotas.

—¿Cómo que no hay nadie? —musitó mi compañero masticando las palabras.

—Te lo juro por mi novia, *furri* —proclamó Aguado solemnemente, serio como un ajo.

Sentí que el estómago se me encogía como una medusa, en una clara señal de alarma. Conocía bien a Juanito Aguado y le tenía por un buen tipo, incapaz de gastar bromas de mal gusto. Además, estaba loco por su novia, que había sido «miss Ribadesella con Gafas», o algo por el estilo, y sabía yo que jamás se habría permitido mencionarla en vano. Pese a ello, aún me resistí a admitirlo.

—¿Qué tontería es ésa, hombre? En la garita de los jardines... ¡Vázquez!, pásame el cuadrante, ¿quieres?... Vamos a ver... En los jardines... de cuatro a seis... Tiene que estar... Júdez. ¿Júdez? ¿Quien demonios es?

—Es el tipo que nos ha mandado el furriel de la Séptima, para completar —dijo Adolfo.

—Ya caigo. Ese tío alto y con una nariz que parece un apagavelas. Yo mismo le he llevado a la garita en el último relevo.

—Sí, sí. Todo lo que tú quieras. Pero ahí no está —insistió tercamente Aguado.

Adolfo volvió a mirarme, ahora ya claramente inquieto. Se produjo una corta pausa y, de pronto, como movidos por un mismo resorte, todos los allí presentes nos pusimos en pie, cogimos nuestros fusiles y salimos al exterior.

La garita de los jardines estaba situada, curiosamente, en los jardines, muy cerca de la calle. Era la más cercana al cuerpo de guardia y la única que se divisaba perfectamente desde allí. Adolfo y yo recorrimos a la carrera el medio centenar de metros que nos separaban de ella. Antes de llegar, ya nos habíamos percatado de que Aguado no bromeaba.

No había ni rastro del centinela.

Adolfo me miró con asombro mientras se pasaba una mano por la frente.

—Ay, Dios... —musitó.

Durante unos instantes permanecimos como dos verdaderos estúpidos, mirando de un lado a otro y dando vueltas en torno a la garita sin decir palabra. Pronto nos rendimos a la evidencia.

—Se ha ido —dijo Adolfo con la incredulidad marcada en la voz. Y me gritó de repente—: ¡Que se ha ido, tú! ¡Que el insensato ese se ha marchado!

—Ya, ya... Cálmate.

Aún dio un par de grandes zancadas con las manos en la cabeza, en un gesto universal de desolación, antes de volverse hacia mí con la expresión de quien ha encontrado la solución al enigma.

—¡Claro! ¡El calor! —exclamó, señalándose la frente con el índice.

—¿Qué?

—¡El calor le ha derretido los sesos! Es la única explicación. Porque nadie en sus cabales deja abandonada la garita durante una guardia. ¡Que te juegas el cuello! Tú sabes que te lo juegas, ¿no?

Desde luego, parecía improbable que Júdez, un veterano como nosotros, con menos de tres meses de mili por delante, hubiera escogido el momento más abrasador de aquel abrasador domingo para desertar. Pero, en cualquier caso, loco o cuerdo, el problema para nosotros seguía siendo el mismo.

—Lo retiro —dijo entonces Adolfo.

—¿El qué?

—Me parece que el calor no ha tenido nada que ver con la locura de nuestro amigo Júdez.

Y como prueba de sus palabras, levantó en la mano una jeringuilla para insulina, con restos de sangre, que acababa de recoger del suelo de la garita.

—Habrá que avisar al sargento —sugerí, tras resoplar largamente.

—¿Cómo? ¡Ah, claro! El sargento... ¡Huy, la leche! Se va a poner como una fiera. Oye, tengo una idea: ¿por qué no se lo dices tú? Ya sabes que a mí me tiene fila y, en cambio, tú le caes fetén.

—Adolfo, no me hagas esto...

—¡Que sí, hombre! Que el gachó te pone por las nubes. Que me lo ha dicho el brigada más de una vez.

Fue en ese instante cuando escuchamos las detonaciones.

Aunque relativamente lejanas, consiguieron que Adolfo y yo nos arrojásemos instintivamente al suelo mientras amartillábamos nuestros fusiles. Tras unos instantes de silencio, escuché de nuevo la voz de mi compañero. Esta vez era sólo un susurro tembloroso junto a mi oído.

—¡Dios...! Tiene que ser él. Lo que faltaba.

## *3 Moreno*

Treinta y dos segundos más tarde, el sargento Moreno, blanco como el papel, hizo su aparición bajo el dintel de la puerta sur. El centinela de la garita del aparcamiento, en pleno ataque de nervios, acababa de llamarle por el interfono para explicarle entrecortadamente que estaba vivo por verdadero milagro.

Apenas un minuto antes había visto a Júdez caminando tan campante por la acera dirigiéndose, al parecer, al centro de la ciudad. Al preguntarle el centinela que adónde iba, la respuesta de Júdez había sido contundente: echarse el fusil a la cara y descerrajarle, sin pestañear, los tres tiros que acabábamos de escuchar. Habían sido disparos bastante certeros y sólo por pura chiripa el centinela había resultado ileso.

—¿Qué hacemos, mi sargento? —pregunté, tras ponerle al corriente de nuestro hallazgo.

El suboficial maldijo su suerte por lo bajo.

—¿Y yo qué sé? ¡Mecagüen sus muertos...! —gritó de repente, perdiendo los nervios por un momento—. ¿Cómo es posible que el centinela de los jardines abandone la garita y ni sanpedrobendito se dé cuenta? ¿Cómo es posible? ¿Eh? ¿Estáis de guardia o de qué estáis?

Más que una bronca era una simple rabieta, pues él sabía mejor que nadie que no entra dentro de los cometidos del resto de la guardia el vigilar que los centinelas permanezcan en la garita. Pronto resopló con disgusto, arrepentido de su exabrupto.

—Olvidadlo, no sé lo que me digo. Ni lo que me digo, ni lo que me hago, maldita sea... Voy a avisar al teniente de guardia.

Se encaminó hacia su despacho. Pero a los cuatro pasos giró sobre sus talones y me lanzó una significativa mirada que creí entender de inmediato. Estaba claro que no quería pedírmelo, de modo que le evité el mal trago.

—Mi sargento..., ¿me da permiso para ir tras él? Tras Júdez, quiero decir. Mientras usted habla con el teniente, el teniente con el capitán de cuartel y el capitán con el coronel, no sabemos lo que puede estar haciendo ese loco.

Moreno estaba deseando decirme que sí, estoy seguro. Pero se mordió el labio inferior pensativamente. No me quedó más remedio que insistir.

—Va armado, mi sargento. Y, por lo que parece, no está en sus cabales. Puede organizar una de órdago. Es mejor si, al menos, sabemos dónde está. Vamos, digo yo.

La mirada del sargento Moreno reveló un sincero agradecimiento.

—De acuerdo, pero ten mucho cuidado. Nada de burradas ni de heroicidades, ¿está claro? Limítate a seguirle los pasos. Y si la cosa se pone fea... usa el sentido común. ¿Entendido?

—Sí, mi sargento.

—Que te acompañe uno de éstos. Un voluntario.

—Yo voy —dijo Adolfo al punto.

—No, tú no. Aquí tiene que haber un cabo —aclaró Moreno.

Lancé una mirada a mi alrededor hasta tropezar con los ojos grises de Aguado, quien, al momento, asintió con la cabeza.

Salimos los dos del cuartel a la carrera, calle abajo, tras los pasos de Júdez. La temperatura había seguido subiendo y resultaba ya insoportable, incluso a la sombra. Al sol, mejor no hablar. Ya al llegar a la altura de la garita del aparcamiento, ambos sudábamos por todos los poros.

—¡Va por allá! ¡Miradlo! ¡Miradlo! —nos gritó el centinela tiroteado señalando en dirección a un estrecho callejón descendente, que se internaba en una barriada de población mayoritariamente musulmana.

Efectivamente, allá abajo, a lo lejos, recortada sobre las cegadoras fachadas encaladas, distinguimos la silueta de Júdez, tambaleante, con el fusil terciado. En ese momento dobló una esquina hacia la derecha y desapareció de nuestra vista.

—Tened cuidado con ese malnacido —nos aconsejó el centinela.

## 4 *Júdez*

Aguado y yo nos lanzamos a tumba abierta, pendiente abajo, destrozando el apacible silencio del barrio. El ruido de las botas golpeando el cemento, de los cargadores golpeándonos las caderas, de las hebillas sujetando los correajes, y de nuestra propia agitada respiración, provocaba un verdadero escándalo. Muchos vecinos, intrigados, se asomaban a nuestro paso. Eran no mucho más de un ojo o media boca al otro lado de la rendija abierta en una ventana. Pero, al vernos, a todos les faltaba tiempo para desaparecer de nuevo en la relativa seguridad de sus viviendas.

Tras girar por el mismo lugar en el que ya lo hiciera Júdez, nos detuvimos, jadeantes. No se le veía por ninguna parte.

—Pero... ¿dónde se ha... metido...?

—No puede ¡buf!... estar muy... lejos... ooofg...

Continuamos avanzando, ahora mucho más despacio y poniendo especial cuidado al llegar a cada esquina. Volvimos a encontrarle en la tercera bocacalle a mano izquierda. Estaba sentado en el suelo, apoyada la espalda en la fachada de una pequeña vivienda. Miraba en nuestra dirección, así que nos vio en el mismo instante que nosotros a él. Como no hizo ningún gesto violento —en realidad permaneció absolutamente inmóvil—, ni Aguado ni yo lo hicimos tampoco. Nos separaban treinta o cuarenta metros.

—Hooola, Júdez —grité, tratando de mostrarme amigable.

Mi saludo no despertó en él ni la más leve reacción. Pude ver que sudaba copiosísimamente, lo cual me dio pie para continuar hablando y, al mismo tiempo, avanzando hacia él.

—Hace un calor infernal, ¿eh? Aunque creo que pronto nos van a poner aire acondicionado en las garitas. En serio. Lo ha dicho el coronel Cabeza. Pero, de momento, es duro, lo reconozco. Claro, que no tanto como para abandonar la guardia. ¿Sabes lo que te puede caer encima?

Tuve la sensación de que no me oía siquiera. Y de pronto,

haciendo caso omiso de mi estúpida conversación, se incorporó, lanzándose de nuevo al trote, calle abajo.

—¡Oh, no...! —se lamentó Aguado a mi espalda—. A correr otra vez. ¿Dónde demonios irá?

Melilla parecía a punto de fundirse al sol. Nuestros pasos eran cada vez más lentos y más sordos y blandos. Nuestras botas de tres hebillas se hundían en el hormigón. Nuestros pensamientos se hundían en la oscuridad de cada zaguán. Nos hundíamos en Melilla...

Bien podían haber transcurrido horas, o tal vez sólo segundos, cuando de pronto, por sorpresa, tras recorrer un callejón estrechísimo y sombrío, el laberinto en el que nos movíamos desembocó en una amplia plaza, empedrada y oval. Así supimos cuál era nuestro destino. No podía ser peor.

Aguado, a la par que se detenía, lanzó un largo silbido.

Y es que Júdez, con paso cada vez más inseguro, acababa de entrar en la mezquita de la ciudad.

—Lo que nos faltaba...

Me preguntaba si Júdez habría elegido la mezquita de modo casual o premeditado, cuando volví a escuchar la voz de Aguado, que ya empezaba a parecerme la de mi propia conciencia.

—¿Qué hacemos, cabo? —preguntó—. ¿Entramos tras él?

Le miré como a un aparecido.

—¿Entrar ahí? ¿Entrar ahí, dices? ¿Estás borracho? Ni hablar. Yo no me meto en semejante sitio. ¿No sabes que una mezquita es un lugar sagrado? Podríamos crear un..., ya sabes, un... una especie de conflicto religioso internacional o algo por el estilo. ¿Tienes idea de cómo las gastan los integristas islámicos? Si por robar una pera te cortan la mano, imagínate...

—Pero...

—Mira, ahora sabemos dónde está. De ahí no sale sin que nosotros lo veamos. Así que no nos queda más que esperar a que...

Casi me dio un mareo cuando, dentro de la mezquita, interrumpiendo mis irrefutables argumentos, se escuchó una ráfaga espeluznante. Nueve disparos, seguidos al momento por un torrente de exclamaciones en árabe, español y francés. Y gritos. Varios musulmanes descalzos salieron al punto a la calle, despavoridos, chillando como ratas y agitando los brazos espasmódicamente.

Reconozco que sentí deseos de imitarles y echar a correr de regreso al grupo. Pero Aguado no me dio opción.

—Sigo pensando que deberíamos entrar. Puede haber heridos. Y en ese caso más vale dar cuanto antes la sensación de que intentamos echar una mano. Porque esto puede traer consecuencias graves. Vamos, digo yo.

La lógica de Aguado se imponía, así que asentí de mala gana.

—Hala pues. Vamos adentro y que sea lo que Dios quiera. Pero acuérdate de lo que dijo el sargento: nada de heroicidades; te lo pido por tu madre.

Franqueamos el umbral conteniendo la respiración, atenazando los fusiles como si quisiéramos exprimirlos. Al adentrarnos en la penumbra, nos detuvimos, esperando impacientes a que nuestra vista se adaptase a la semioscuridad. Por fin, agachados, entramos en el recinto, buscando refugio tras unas largas bancadas de madera de roble.

Afortunadamente, los disparos de Júdez parecían haberse perdido en el aire. En la mezquita no quedaba nadie, ni vivo, ni muerto, ni herido, salvo él mismo.

Se había situado en el centro de la nave, justo bajo la cúpula central. Parecía un iluminado. O un poseso. En la mano derecha sostenía el cetme, con el índice siempre sobre el gatillo. Giraba. Giraba sobre sí mismo, con los brazos abiertos y la cabeza inclinada hacia atrás. Emitía un extraño sonido gutural continuo, que a mí se me antojó una mezcla de queja y amenaza.

Aguado suspiró con conmiseración ante la escena.

—Pobre idiota... Como decía mi hermano, no hay más que verle el color de la cara a un *yonki* para saber lo que le pasa.

—¿Y qué le pasa a éste?

—Que se ha metido un mal *pico*, naturalmente. Con la escasez de heroína que dicen que hay en la ciudad, seguro que el pájaro este ha cambiado de suministrador. Y eso es fatal, no te puedes hacer idea. Un *corte* distinto o una pureza mayor de la habitual es la locura. Y aún ha tenido suerte. Lo mismo podría estar ya tieso.

Vaya con Aguado... Tuve que mirarle de soslayo para asegurarme de que seguía siendo el mismo tipo de aspecto ingenuo de quien, hasta entonces, había yo pensado que dedicaría sus ratos libres a tocar la gaita.

Decidimos seguir avanzando, cada uno por nuestro lado, para situarnos, siempre a cubierto, eso sí, lo más cerca posible de Júdez. Aguado se colocó a su izquierda, tras unas celosías de ladrillo. Yo, a la derecha, bajo la dudosa protección que me brindaba un enorme jarrón de porcelana de casi dos metros de altura. Un dineral debía de valer aquel jarrón.

En cuanto Aguado me hizo señas de estar ya preparado, decidí hacer avanzar la situación.

—¡Júdez! —grité—. ¡Suelta el chopo [1] y vamos fuera! No debemos estar aquí. Este sitio no tiene nada que ver con nosotros. ¿Me oyes? ¡Vámonos, hombre! Podemos continuar la persecución en otro lugar. Te daremos ventaja. ¿Me oyes o no? Si sales, contaremos hasta cien antes de ir tras de ti. ¿Qué te parece?

Ni siquiera me miró. Simplemente dirigió hacia mí el cañón de su arma y abrió fuego.

El monumental jarrón de porcelana se hizo añicos, derrumbándose junto a mí como un castillo de naipes, en medio de un estruendo ensordecedor. Al mismo tiempo, también la preciosa cerámica verdiblanca que cubría la pared situada a mi espalda saltó por los aires, cayendo sobre mí en forma de lluvia de esquirlas. Instintivamente me arrojé al suelo y me adherí a él como un lenguado, temblando literalmente de miedo. Incapaz de gritar siquiera. Pensé en la muerte. Pensé que en cualquier momento llegaría la bala definitiva que me reventaría el cráneo como si fuese un tiesto. Lo imaginé así, saltando en pedazos como el jarrón de porcelana. Me pregunté si sentiría dolor, si sería capaz de darme cuenta del momento preciso en que se hiciese la oscuridad.

Y todo ello, en el tiempo de una respiración.

Desde su sitio, Aguado efectuó de inmediato dos disparos sobre Júdez, aunque sin intención de alcanzarle. No consiguió ni

---

[1] En argot, el fusil.

inmutarle. Nos dio la espalda y, con paso vacilante, con la mayor indiferencia, se encaminó hacia las escaleras de caracol que daban acceso a lo alto del minarete.

Como procedente del más allá, escuché la voz angustiada de Aguado.

—¡Oye...! ¿Estás bien?

Traté de responder sin conseguirlo. La laringe no me obedecía.

—¡Cabo! Que si estás bien.

—Sí, sí... —logré articular al fin—. Aunque creo que he envejecido diez años de golpe.

Júdez había desaparecido ya, escaleras arriba, cuando Aguado y yo nos reunimos al pie de las mismas. Podíamos escuchar sus pasos vacilantes mientras ascendía, peldaño a peldaño, sin prisa.

—¿Qué hacemos? —preguntó Aguado mirando hacia lo alto por el hueco central de la escalera.

—Yo ya he tenido suficientes emociones por hoy. Ahora sí que se ha metido en un callejón sin salida. El problema es suyo, no mío. Vamos a dar aviso al cuartel y si el teniente de guardia quiere subir por él, que suba. Yo paso.

Aguado seguía con la vista fija en las alturas.

—Pero el caso es que hay un problema —musitó.

—Hombre, claro que hay un problema. Tenemos a un centinela que, en lugar de estar en su garita, está subiendo a lo alto del minarete de la mezquita pero, aparte de eso...

Entonces caí en la cuenta. Me apoyé contra la pared, derrotado por lo evidente.

—¡Dios mío...! Tienes razón. Ese lunático es capaz de ponerse a pegar tiros desde lo alto de la torre.

—Yo diría que es precisamente a eso a lo que sube.

—Hombre, Aguado, tú siempre tan optimista.

Durante al menos un minuto permanecimos en silencio, mirándonos. Luego, desoyendo los sensatos consejos del sargento Moreno, tomamos una decisión heroica.

—¿Vamos? —sugerí sin mucha convicción.

—Vamos —respondió Aguado sin vacilar.

Ya se lanzaba escaleras arriba, cuando le sujeté por el brazo.

—Oye...

—¿Qué?

—Tú... tú lo has visto. Me ha disparado. Podía haberme dejado seco hace dos minutos.

—Sí.

—Bueno, pues... lo que quiero decirte es que... si no me queda más remedio... Yo comprendo que está trastornado y que, seguramente, no sabe lo que hace, pero yo... yo, de momento, sigo en mis cabales y mis cabales me dicen que haga lo posible para seguir vivo, así que... si no me queda más remedio... si se trata de él o yo... tiraré a dar.

—Claro. ¿Y qué?

—No, nada. Sólo quería que lo supieras.

—Bien —respondió Aguado simplemente—. Yo pensaba hacer lo mismo.

Empezamos a ascender lentamente. De nuevo insistí en ir por delante, no sé por qué razón. Aguado me seguía veinte escalones por detrás, a fin de no estorbarnos en caso de apuro.

La escalera de caracol se fue estrechando más y más. Al fin perdió su hueco y, aproximadamente a partir de la mitad de la torre, ascendía simplemente en torno a una gruesa columna circular.

No comprendo qué extraña fuerza interior me permitía seguir ascendiendo escalones cuando mi mente, derrochando sensatez, me ordenaba hacer todo lo contrario. Me faltaba el aire al tratar de respirar con el mayor sigilo. Mi mano derecha estaba completamente agarrotada en torno a la empuñadura del cetme. La cabeza me daba vueltas.

Otro peldaño. Otro más...

Subía pegado a la parte interior de la escalera, en la idea de que, de este modo, gozaba de una mayor protección.

Otro escalón...

Y otro...

De pronto sentí un contacto frío y metálico en la frente. Cuando alcé la vista, pensé que el corazón se me salía por la boca. Acababa de tropezar con el extremo del fusil de Júdez. La bocacha me apuntaba directamente entre los ojos.

Ahora sí, me vi muerto.

Como sacudido por un calambre, grité, salté, disparé, todo ello al mismo tiempo. Me encontré rodando escaleras abajo, hasta que Aguado detuvo mi caída con su cuerpo.

—¿Qué ocurre? ¿Qué ocurre? —gritó él, a su vez, echándose el fusil a la cara.

Pero no ocurría nada. El cabrito de Júdez había dejado su arma colgando por la correa de un grueso clavo situado en la pared. Y yo me había topado con el cetme de manos a boca, dándome el susto de mi vida. Me oprimí el pecho con las dos manos para evitar que el corazón me saliera despedido, dando botes.

—¡Maldito bastardo! —mascullé—. ¡Casi me da un síncope! ¿Y tú de qué te ríes, si puede saberse? ¡Asturiano del demonio!

En efecto, Aguado exhibía una amplia sonrisa. Parecía feliz.

—Estaba pensando que si ése que cuelga de ahí es su fusil... es que nuestro amigo está desarmado —dijo simplemente.

De nuevo, Aguado había demostrado una rapidez de mente superior a la mía, lo que me supo a cuerno quemado, para qué engañarme. Claro que, por otro lado, sentí un alivio indescriptible.

—¡Tienes toda la razón, gaitero! ¡Bendita sea tu madre! Desarmado y sin posibilidad de huida. ¡Al fin ha llegado nuestra hora, chaval! ¡A por él!

Empecé a subir los escalones de dos en dos.

Sin embargo, al llegar a la parte superior de la torre, justo antes de salir al exterior, me detuve jadeando. De nuevo me encontré sin saber qué hacer. Por muy desarmado que estuviese, Júdez se hallaba fuera de sus casillas y eso le hacía muy peligroso, especialmente a cuarenta metros sobre el suelo y en un espacio reducido como era aquél. Por si esto fuera poco, la vista se me había acostumbrado a la oscuridad de la escalera y, al salir, por el contrario, me encontraría con un sol cegador.

Pero estaba ya harto de aquella situación. Más que harto.

Empujé con el hombro la pequeña puerta de madera y me lancé rodando por el suelo. No veía a Júdez. Giré sobre mí mismo pensando que lo tendría a mi espalda. Pero no. Rodeé la salida de las escaleras. Nada. Me sentí invadido por el estupor.

Júdez no estaba. La pequeña terraza del minarete se encontraba desierta. ¡Pero eso era imposible! No había otra forma de bajar de la torre que utilizando las escaleras.

También Aguado acababa de salir al exterior. Nos miramos atónitos. Pero esta vez no se me adelantó en el hallazgo de la solución a aquel misterio. Casi a la vez comprendimos ambos que, naturalmente, existía otra forma de bajar. Una forma rápida y definitiva.

Escuchamos gritos procedentes de la calle.

Asomando la cabeza por entre las singulares almenas que coronaban la torre, pudimos verle allá abajo, tendido sobre el suelo en una postura inverosímil, mientras una gran mancha oscura nacía bajo su cuerpo y se iba extendiendo poco a poco por el pavimento.

Llegaban en ese momento el sargento Moreno, el capitán Gayarre y una patrulla de la policía militar. Nada pudieron hacer sino cubrir el cuerpo con una manta. Una hora más tarde se procedía al levantamiento del cadáver.

Sobre el cemento quedó la gran mancha oscura, que no se borraría por completo en tanto no cayese una buena tormenta, de esas que nos encogen el corazón.

Pero eso es algo que en Melilla sucede muy de tarde en tarde.

## *5 Gayarre*

La noticia de la aparatosa muerte de Júdez se extendió por la ciudad como un reguero de pólvora.

A nuestro regreso al cuartel, Aguado y yo nos vimos de tal modo asediados a preguntas que, pese al ofrecimiento del teniente de guardia de relevarnos del servicio, ambos decidimos, de común acuerdo, continuar en él, pensando escapar así, en parte al menos, de la agobiante curiosidad de la tropa.

El sargento Moreno, con ese mismo propósito, prohibió tajantemente el tránsito de curiosos por las cercanías del cuerpo de guardia. La medida resultó efectiva, pero ni aun de ese modo nos vimos libres de relatar una veintena de veces, de pe a pa y con todo lujo de detalles, nuestra reciente aventura. Primero, claro, a los compañeros de guardia y al propio Moreno, que no acababa de tener claro si había hecho bien o no dejándonos ir tras el infortunado Júdez. Luego, la narración pormenorizada de los hechos se hubo de extender a cuantos jefes, oficiales y suboficiales con empleo superior al de sargento acertaron a pasar «casualmente» por las cercanías del grupo a lo largo del resto de la tarde.

Naturalmente, el teniente de guardia insistió en recibir información de primera mano, esto es, de boca de los propios protagonistas.

Y, por supuesto, el capitán de cuartel no quiso ser menos.

En el primer caso fue un placer, pues el teniente Castillo era un cacho de pan. Lo del capitán Gayarre ya fue harina de otro costal.

Vi al sargento Moreno acercándose y supe, por su expresión, que venía a comunicarme algo poco agradable.

—Anda, avisa a Aguado. El capitán de cuartel nos llama a los tres a su despacho.

—Aguado está de garita, mi sargento. En la del polideportivo. Ha entrado hace veinte minutos.

—¿Y a mí qué me cuentas? ¿No querrás que le diga al capitán que Aguado no puede presentarse ante él porque está de garita? Coge a uno cualquiera y relévalo ahora mismo.

—A la orden.

—Por cierto... ¿A quién tenemos ahora en la garita de los jardines?

—A Vázquez, mi sargento —respondió Adolfo al punto.

—Supongo que sigue ahí, ¿no?

Los tres lanzamos una mirada instintiva. Vázquez nos saludó con la mano al tiempo que ejecutaba unos pasos de baile.

—De momento parece que sí —suspiró Moreno—. Pero que vaya alguien a decirle que no haga tanto el indio, por favor.

Sebastián Gayarre parecía la Muerte con bigote. Alto, huesudo, cadavérico. De amarillentos dientes y labios finos, casi invisibles. Sólo su espeso mostacho aportaba un trazo de color al blanco permanente de su rostro.

Hasta ese momento, mi trato con él había sido nulo, y mis conocimientos sobre su persona se reducían a saber que pertenecía al primer tabor [1] y que tenía fama de duro.

Nos hizo entrar a su despacho por separado. Pasó primero el sargento, quien salió a los diez minutos, bastante sofocado y con cara de haberlas pasado canutas. Le siguió Aguado, a quien el capitán retuvo durante casi media hora. Por fin me llegó el turno.

La primera sorpresa fue comprobar que en el despacho del capitán la atmósfera resultaba casi irrespirable. Aparte de todas sus otras cualidades, Gayarre era un fumador empedernido y voraz de Tanausú, una marca de cigarrillos negros tan poco habitual que seguramente tendría que traerla ex profeso de la Península en cantidades astronómicas.

No me ofreció asiento, ni tampoco bebida alguna, pese a que en el despacho funcionaba un pequeño frigorífico magníficamente surtido, y él mismo tenía sobre la mesa un vaso alto de whisky con coca-cola. Tampoco manifestó el menor interés por mi estado de salud tras los acontecimientos vividos apenas unas horas antes.

Sin otro preámbulo, me ordenó dar inicio a mi relato de los hechos, del que fue tomando notas taquigráficas mientras consumía un cigarrillo tras otro. Calculé que, a aquel ritmo, no le llevaría más allá de tres o cuatro horas dar cuenta de cada cajetilla de Tanausú.

Gayarre no sólo fumaba con desmesura, sino también con rabia, mordiendo el filtro de cada cigarrillo hasta destrozarlo por completo. Ocupadas como tenía las manos en garrapatear sobre el papel sus patitas de mosca al hilo de mis explicaciones, llegó a consumir un cigarrillo sin separarlo de la boca ni un momento, dejando que el humo fuera ascendiendo como una cortina por su cara de cadáver viviente y se detuviera en las profundas cuencas

---

[1] Tabor o tábor: en Regulares, la unidad equivalente al batallón de Infantería.

de sus ojos, sin un mal gesto. Y sólo cuando la colilla estaba a punto de chamuscarle el bigote, me hizo un ademán de espera y con la mano izquierda la aplastó en un cenicero rebosante, tomó un nuevo cigarrillo y lo encendió, utilizando un mechero de gasolina. Todo ello a velocidad de vértigo.

Al concluir mi relato, me lanzó de un modo seco, lindando casi en lo grosero, una verdadera andanada de preguntas.

Que si conocía a Júdez anteriormente. No, mi capitán. ¿Estás seguro? Sí, mi capitán. ¿Era de tu mismo reemplazo y no recuerdas haberle visto antes de hoy? Somos muchos en el grupo, mi capitán. No siendo de mi compañía, es fácil que... ¿Notaste algo raro en él antes de su... huida? No, mi capitán. ¿Estás seguro? Ahora ya no tiene sentido protegerle, así que habla sin reparos. ¿No le notaste... *colocado*? No, mi capitán. ¿Ebrio? No, mi... ¿Irritado? ¿Violento? ¿Enfermo, quizá? No, mi capitán. Sólo... callado. ¿Callado? Es normal, mi capitán. Ninguno de nosotros le conocía. Ya... Pero más tarde sí que te dio la impresión de que estaba drogado. Sí, mi capitán. O sea, que tuvo que pincharse en algún momento. ¿En la garita, quizá? No lo sé, mi capitán. Supongo que sí. Allí encontramos la jeringuilla que... Pero tú no le viste hacerlo. ¿O sí? Por supuesto que no, mi capitán. De haberlo visto, habría dado parte al suboficial de guardia. Claro, claro, claro... habrías dado parte. Así es, mi capitán.

Durante más de veinte minutos Gayarre siguió formulándome las mismas preguntas de varios modos distintos. Y, de improviso, dio por terminada la entrevista sin una frase amable, sin una enhorabuena por mi comportamiento más allá del deber, sin una palmadita en la espalda, sin la más leve mención a unos, a mi entender, más que merecidos días de permiso.

A partir de ese instante, Sebastián Gayarre quedó incluido para siempre en mi lista negra de personas despreciables, ruines y aborrecibles.

# 6 *Melilla*

Pensé ingenuamente que la media hora de la cena, una vez saciada por completo la curiosidad de nuestros compañeros, sería un paréntesis de calma en aquella jornada de locos. Pero ya a la vista del menú me convencí de que Ahmed, el cocinero, tampoco se hallaba en sus cabales. ¿Cómo podía nadie en su sano juicio servir sopa de fideos y albóndigas de bacalao con aquel calor que asfixiaba a los gorriones en las ramas? Pues eso. Y de postre, higos secos. Maldita sea su estampa de moro falso y traidor...

—Pues yo creo que el efecto sería instantáneo. O sea, que se metió un pico en la propia garita y dos minutos después decidió irse de viaje. Y vaya viaje que se marcó el tío...

—Se dice por ahí que no hay heroína en toda Melilla y que la poca que queda está por las nubes. Los *camellos* le deben de pegar unos cortes de echarse a temblar. Apostaría el cuello a que el *chute* que se metió el desgraciado ese tenía cualquier cosa menos *caballo* de buena raza.

—Y encima, lo habría pagado a precio de oro...

—A veinticinco o treinta *talegos* el gramo, como si lo viera.

—¿Tanto?

—¿No te digo que el *jaco* anda más escaso que los militares de buen corazón? Lo deben de estirar como el chicle. Uno le mete sacarosa; el siguiente, bicarbonato; el otro, arroz triturado, y así hasta que de un gramo sale un kilo. ¡A saber lo que se metería el gachó en las venas!

No pude más. Sacudí en la mesa un puñetazo que hizo saltar en los platos las albóndigas de bacalao de Ahmed como si fueran pelotas de golf.

—¡Os callaréis de una puñetera vez! ¡Dejadme cenar tranquilo!

Vázquez y Aguado echaron sobre mí la misma mirada que habrían lanzado sobre un habitante de Venus, pero guardaron silencio hasta la llegada del postre.

—Rancios —murmuró Aguado.

—¿Qué...?

—Que los higos están rancios, cabo. Así son aquí. Por la tarde te juegas la vida por la patria y por la noche te dan higos rancios.

Tenía razón. Estaban rancios. Me rechinaron los dientes mientras me sentía invadido por una oleada de inaudita determinación, algo realmente peligroso para un militar de baja graduación.

Supongo que comerme un par de higos rancios habría sido la guinda en un día perfecto. El caso es que me levanté, cogí la bandeja de los higos y me dirigí con ella en busca del sargento de cocina que, para suerte mía, resultó ser el sargento primero Salvatierra.

—Estos higos están rancios, mi sargento primero.

Salvatierra me miró con sorpresa de arriba abajo, levantando una ceja.

—No me digas...

—Ya ve.

—Pues no hay otra cosa.

Delicadamente, dejé la bandeja encima de la mesa más cercana.

—Entonces, la guardia se queda sin postre, mi sargento primero. ¿Ordena algo más, mi sargento primero?

Salvatierra se me quedó mirando unos instantes. Luego, negó con la cabeza y yo di media vuelta. Pero antes de salir de la cocina, volví a escuchar su voz ordenándole a Ahmed que sacase de la cámara unas latas de melocotón en almíbar.

Cosas que pasan.

Cerca de la medianoche, Adolfo y yo, con la excusa de pasar revista a las garitas, cosa que al sargento Moreno le pareció de perlas, fuimos recorriendo lentamente la parte sur del cuartel, la que se asomaba a la ciudad. Lo hicimos casi en silencio, disfrutando del aire limpísimo que, por fortuna, empezaba a refrescar; de la vista nocturna de Melilla, cuyo bullicio llegaba hasta nosotros amortiguado por la distancia, pero impregnado de ese inconfundible pálpito jugador y cabaretero; del olor del Mediterráneo, tan diferente a sí mismo a cada instante; de la luz de la luna llena de África, inigualable.

—Esto no es justo —musité, acodado sobre el muro meridional.

—¿El qué?

—¿Qué va a ser? Estar en Melilla y pasar la mayor parte del día aquí encerrados.

—La mayor parte del día... y toda la noche.

—Tú lo has dicho. Es como volver a tener diez años. Justo cuando la programación de la ciudad se pone interesante, viene papá oficial y te dice que a la cama, que es tarde. Y así un día tras otro desde hace... ¿cuánto tiempo llevamos aquí ya?

—¿En Melilla? Ocho meses y medio. Doscientos cincuenta y cinco días, para ser exactos.

—¿Lo ves? Doscientos cincuenta y cinco días encerrándonos en este cuartel a las diez de la noche, justo cuando la ciudad se prepara para empezar a vivir. No es justo...

Los cinco minutos siguientes guardamos silencio y los dedicamos a soñar.

—¿Ves aquel letrero luminoso azul?

—Sí. Es el Simoun.

—Exacto. Y a su derecha, el Metropol. Y detrás está el Savoy. Y un poco más allá, el Búho Rojo. Y enfrente, el Universal y el Ambos Mundos, y al final de la misma calle, el Rex Desert...

La mirada de Adolfo sonreía en la oscuridad.

—Lo que yo te digo. No es justo.

—Daría cualquier cosa por poder salir esta noche un par de horas. Hora y media. Una hora tan sólo. Entrar al Metropol a tiempo de ver el último pase...

—O jugar unas manos de *black jack* en el casino del Marítimo...

—Y, mientras, cambiar un par de miradas ardientes con esas mujeres maravillosas de las que todos hablan y que sólo deben de hacer vida nocturna, porque de día es que ni se las huele...

Suspiramos en estéreo.

—Te juro que cuando me den *la blanca* [1] me alquilo un cuarto

[1] *La blanca:* en argot, la cartilla militar. Por el color de sus tapas.

en el Hotel España y me quedo una semana a disfrutar de la vida de esta ciudad.

Adolfo acogió mis intenciones con una carcajada que debió de ser escuchada en el Tercio.

—¡Venga ya! Verás cómo no. El día que nos den el pasaporte, dejarás Melilla tan deprisa como te sea posible. La abandonarás sin el menor atisbo de remordimiento; sin volver la vista atrás ni por un instante. Te dirás: ya volveré cuando me haya crecido el pelo. Y no regresarás jamás.

De entre el lejano bullicio nos llegó con claridad una explosión de alegría. Y la sirena de una ambulancia. Y el redoble de una batería.

—Quizá tengas razón. Pero no puedo evitar que ahora me guste con locura. Reconócelo: vista desde aquí, es preciosa. Mucho más que ninguna otra ciudad que yo haya conocido. Las luces de una ciudad marcan su verdadera esencia, y las de Melilla parpadean como los ojos de una mujer.

Adolfo esbozó su habitual semisonrisa y se atusó el bigotito mientras alzaba las cejas con escepticismo.

—Puede ser... —dijo—. Yo hace demasiado tiempo que no veo parpadear a una mujer.

## *7 Moliner*

Como si no quisiera despedirse sin ponernos nuevamente a prueba, el día nos deparó aún una nueva sorpresa. Así, cuando aún no se habían apagado los ecos de los comentarios sobre la muerte de Júdez, otro incidente hizo chirriar de nuevo la paz de aquel domingo de agosto, el más dramático y agitado que se recordaba en Regulares desde que, seis años atrás, el subteniente Álvarez, rezumando coñac por todos sus poros, intentara la reconquista del Gurugú[1] por sus propios medios, estando a punto de perder la vida y de ocasionar un incidente internacional de consecuencias incalculables.

Por suerte para nosotros, en esta ocasión le tocó la china a la guardia de la puerta norte. Según parece, acababan de dar las doce de la noche. Quizá Adolfo y yo estuviésemos todavía hipnotizados por las luces de neón de la ciudad, tan cercanas como inalcanzables.

El primer grito bien pudo ser un ¡nooo! largo, penetrante y desgarrador. Álvaro Cidraque, que dormía como un bendito en la litera contigua, se sobresaltó de tal manera que intentó arrojarse del catre por el lado equivocado, golpeándose con toda su alma contra el tabique de la celda. Su alarido de dolor quedó, sin embargo, totalmente eclipsado por los que seguía profiriendo su compañero de calabozo.

Moliner, puesto en pie, se atenazaba la garganta con las manos, sin dejar de gritar. Los ojos parecían a punto de saltársele de las órbitas. Como si una corriente eléctrica le recorriese el cuerpo de modo intermitente, se sacudía en continuos espasmos. A la débil luz que proporcionaba el reflejo de una farola entrando por la ventana enrejada, la escena resultaba sobrecogedora.

Cidraque, aún medio dormido, aturdido por el golpe que acababa de propinarse e intimidado por los berridos inauditos de Moliner, tardó una eternidad en reaccionar y, cuando lo hizo, actuó de un modo inevitablemente torpe.

—¡Cálmate, Jesús! ¡Cálmate, por lo que más quieras! —dijo al fin, mientras saltaba a su lado—. ¿Qué te ocurre? ¡Vamos, tranquilízate! ¿Qué demonios te pasa?

La respuesta de Jesús Moliner fue un terrorífico puñetazo en pleno rostro que envió a Cidraque, dando tumbos, hasta el extremo opuesto de la celda, donde quedó de rodillas, aturdido, sintiendo que la cabeza entera le dolía más de lo que era capaz de soportar.

---

[1] Gurugú: monte desde el que se domina la ciudad de Melilla y en cuyas laderas se han escrito páginas heroicas de la historia militar española. Actualmente está situado en territorio marroquí.

—¡Socorro! —gritó sin fuerzas—. ¡Socorro... la... guardia...!

Moliner continuaba con sus alaridos y lanzando furiosos puñetazos al aire. En uno de ellos golpeó durísimamente contra el tabique, con tanta violencia que Cidraque pudo escuchar claramente el sonido de los huesos de la mano astillándose. Y mientras a él le sobrevenía una intensa náusea, el hecho no pareció afectar lo más mínimo al enloquecido Moliner, que no varió su actitud ni un ápice.

Por fin, en el ventanuco de la puerta apareció el asustado rostro de uno de los cabos de la guardia.

—¡Detenedle antes de que se mate! —le gritó Cidraque al verle—. ¡Deprisa! ¡Y trae un médico! ¿No ves que necesita un médico?

Mientras el cabo abría la boca como un pez fuera del agua, al fondo se escuchó la voz destemplada del teniente Castillo preguntando dónde coño estaban las llaves del calabozo, y por qué coño no se encontraban en su lugar, coño ya. El cabo desapareció como una exhalación.

Moliner se abalanzó ahora hacia la puerta, sin importarle que estuviese cerrada. Su cara golpeó contra la rejilla del ventanuco, y, al instante, empezó a sangrar abundantemente por la nariz y el labio inferior, aunque tampoco eso pareció afectarle en absoluto. Sus gritos se habían convertido en un aullido casi continuo, demencial, de verdadero endemoniado.

Cidraque volvió a saltar sobre él, tratando de inmovilizarle, pero era como intentar detener a un caballo lanzado al galope. Durante quince segundos inacabables trató de estorbar sus movimientos sin dejar de pedir ayuda, hasta que, por fin, la puerta se abrió e irrumpieron tres soldados de la guardia. Entre los cuatro, y con no pocos esfuerzos, consiguieron reducir las enloquecidas embestidas del muchacho.

Increíblemente, no había transcurrido siquiera un minuto desde que se escuchó el primer grito, y al cabo de apenas otro tanto ya hizo acto de presencia el médico de servicio, que llegó a la carrera desde el botiquín.

Una terrorífica dosis de sedantes consiguió silenciar al fin a Moliner y aplacar sus convulsiones. Su cuerpo, sin embargo, estaba tenso como una cuerda de violín cuando lo metieron en la ambulancia, camino del Hospital Militar.

Alguien comentó:

—¡Vaya día!

Cidraque volvió a tumbarse en el camastro, y otro alguien echó la llave de su celda.

# *Lunes triste*

## *1 Fonseca*

LO malo de las guardias en domingo es que terminan en lunes.

Ver cómo amanece una nueva semana mientras, convertido en una piltrafa soñolienta, conduces a la garita, contra su voluntad, a cuatro tipos armados con fusiles a los que acabas de despertar de malos modos, es como para poner los pelos de punta a cualquiera que lo piense con detenimiento.

Es una de las muchas razones por las que todos los cabos de guardia en su sano juicio prefieren hacer el primer turno de la noche: para no ver amanecer. En aquella ocasión me sonrió la fortuna en el sorteo con Adolfo, y a las cuatro en punto de la mañana, cuando en Melilla cerraban ya las primeras salas de fiesta y los noctámbulos se trasladaban a los casinos semiclandestinos para apurar las últimas horas de oscuridad, saqué del catre a mi compañero, y en cuanto me hube asegurado de que razonaba mínimamente, me desplomé en su lugar, dispuesto a aprovechar hasta el último segundo antes del toque de diana.

Ingenuo de mí, olvidé que era lunes.

—¡Psst...! ¡Eh! Despierta, hombre.

Abrí el ojo izquierdo y, entre espesas brumas, distinguí a Adolfo, zarandeándome.

—¿Mmmm...?

—¡Arriba, vamos...!

Tras cerrar el ojo izquierdo, abrí el derecho. Ahí tenía al sargento Moreno, ocupado en el mismo menester.

—Si no se despierta, habrá que echarle un vaso de agua por encima —escuché—. Eso siempre funciona.

—Buena idea, mi sargento.

Tardé en comprender que se referían a mí, pero, cuando lo hice, salté de la litera con la agilidad de una ardilla.

—¡No! ¡Agua, no! ¿Qué...? ¿Qué pasa? ¡Ay, Dios, ya sé! ¡Me he dormido! ¡No he oído la corneta! Virgen, virgen, virgen... Voy, voy, ya voy...

Al tratar de incorporarme, me pisé un pie con el otro y me desplomé encima del sargento Moreno, consiguiendo que ambos rodásemos por los suelos.

—¡Ay, mi...! Lo... lo siento, mi sargento. Es que..., ¡huy!, lo siento, vaya.

Y cuando trataba de recuperar la verticalidad, oí justo encima de mí el inconfundible sonido de los ronquidos de Vázquez, tan recios, afinados y potentes como de costumbre.

—Pero... ¿cómo es que Vázquez todavía...? Un momento... ¡Un momento! ¡Pero si es de noche! Maldita sea, ¿qué hora es?

—Cálmate. Las cinco y media —me susurró Adolfo.

Sentí un vahído interminable.

—¿Las cinco y...? Pero... pero... ¿qué significa esto? Asesinos... ¡Sólo he dormido una hora y media! ¡Me... me puede dar una embolia cerebral!

El sargento Moreno me empujó hacia el lavabo, abrió el grifo y me mojó la cara durante un buen rato.

—Deja de decir bobadas. Una embolia... ¡Adolfo, trae el café!

—¿Café? Pero...

El sargento Moreno me sujetó por los hombros con firmeza y me habló a cuatro dedos de la cara.

—Escúchame bien: ahí al lado, en mi despacho, hay un teniente coronel jurídico que pregunta por ti. No un capitán, ni un comandante, sino un teniente coronel. Le he prometido que en cinco minutos estarías en condiciones de hablar con él.

—¿Un teliente cononel? ¿Juguídico? —trastabillé, asustado—. ¿Y qué quiere?

—Ya te lo he dicho: hablar contigo.

—Sí, pero...

—¡Aquí está el café! —anunció solemnemente Adolfo, entrando con una taza humeante.

Moreno me la puso entre las manos y me dio dos palmadas en las mejillas.

—¡Venga! ¡De un trago!

—Con todos los respetos, esto es un atropell... ¡Mmmmmpf...! ¡Está ardiendo! ¡Me abraso! ¡Oooohggss...!

—¡Eso es! Muy bien... Y ahora, adelante. Muéstrate brillante y educado, ya sabes. Hay que dejar en buen lugar al grupo. ¡Vamos, vamos...!

—¿Tengo... tengo que tratarle de usía?

—No, hombre. Eso es sólo de coronel hacia arriba.

El teniente coronel Fonseca tenía cincuenta y nueve años de edad, pero tan mal llevados que se le echaban setenta y uno sin ningún reparo. Su falta casi absoluta de pelo y sus cejas blanquísimas le daban aspecto de pescador noruego jubilado, imagen que él complementaba con un trato afabilísimo, que me hizo sentirme como su nieto adoptivo a los treinta segundos de conocerle. Sólo tenía un defecto: padecía de insomnio y, quizá por eso, cuando le asignaron la instrucción del sumario del caso Júdez, pensó que las cinco y media de la mañana era una buena hora para iniciar los interrogatorios a los testigos.

Y así, a las seis menos veinte de la mañana, cuando ya clareaba el lunes y Melilla, cansada al fin de tanto trajín y tanta vacuidad, empezaba a perder la picardía hasta el siguiente anochecer, inicié el relato de los hechos que desembocaron en la muerte de Júdez.

Por vigésimo primera vez.

## 2 *Marmolejo*

Yo era un privilegiado, no sé si lo he dicho. No un oficinista cualquiera, perdido en un recóndito despacho de Mayoría, dedicado siempre al mismo formulario. No, no, no... Yo era el oficinista de la compañía. El padrino. El primero a quien recurrir ante la injusticia o la necesidad. Tenía más trabajo que el más atareado de los chupatintas de la oficina del tabor, pero nada vale tanto como tener la situación absolutamente bajo tu control. Y entre Adolfo y yo la teníamos, ciertamente. En la Plana del Segundo no se movía una cucaracha sin que nosotros lo supiésemos. Más aún: no se movía una cucaracha sin nuestro expreso consentimiento.

Y, por si eso fuera poco, el brigada Marmolejo, nuestro inmediato superior, era un bendito que, además, consideraba un verdadero gesto de caballeros que el cabo furriel y el cabo oficinista se prestasen a hacer guardia un domingo para descargar así de servicios a sus compañeros. El no va más de la camaradería militar, vamos.

Pero aquella mañana de lunes, mientras me acercaba con paso vacilante a la oficina, tras entregar el armamento, dudaba yo de que la condescendencia del brigada, por muy amplia que fuese, resultara suficiente. Estaba hecho fosfatina. Desde que Aguado nos anunció que la garita de los jardines estaba huérfana de centinela, habían transcurrido apenas dieciséis horas, pero yo tenía la sensación de que habían sido dieciséis meses. Me dolían los riñones como si hubiese estado picando piedra y todas las articulaciones, sin excepción, como si hubiera contraído la gripe. Iba a ser un día muy duro.

Justo antes de entrar en la oficina, bostecé como un hipopótamo, carraspeé, parpadeé y me estremecí. Avancé luego resueltamente.

—A la orden, mi brigada. Buenos días.

Marmolejo —pelirrojo, soriano, gordezuelo e inofensivo— me miró por encima de sus gafas de astígmata avanzado.

—¡Vaya...! Ya era hora. ¿Dónde te habías metido?

—Pues... Las últimas horas las he pasado charlando con el teniente coronel Fonseca.

—¿Y ése quién es?

—A juzgar por las medallas que llevaba encima, el último de los héroes del ejército español. Aparte de eso, el encargado de la investigación del sumario Júdez. Desde las cinco y media llevo con él.

—No me gusta nada eso. No me gusta nada. Estas cosas parecen no tener importancia y luego resultan ser el prolegómeno de un consejo de guerra.

Miré al brigada y sonreí. Otro optimista del estilo de Aguado. Y el caso es que me caía bien, el hombre. Era el típico chusquero. Con el tiempo alcanzaría el grado de subteniente y ése sería el techo de su carrera militar. Quizá al llegarle la jubilación le entregarían las dos estrellas de seis puntas para que pudiera así presumir ante sus nietos de ser oficial retirado del ejército español. O quizá ni eso.

Me habló con tono de indudable complicidad.

—De manera que estás al tanto de lo que ocurrió ayer...

—No se imagina hasta qué punto —dije, dejándome caer en mi silla.

Marmolejo quedó unos instantes en suspenso. Me miró escrutadoramente y, por fin, me señaló con el índice de la mano izquierda.

—¡Ahora caigo! Seguro que... ¡Je! ¡Apostaría el sueldo de un mes a que fuiste tú!

—Yo, ¿qué?

—El que persiguió a ese tal Júlvez por toda la ciudad.

—Mi brigada, es usted un lince.

—¡Lo sabía! —exclamó triunfante—. Desde que te conozco, siempre te las has arreglado para estar en medio de todos los bochinches.

Marmolejo acercó su silla a la mía, separó las piernas y apoyó sus enormes manazas en las rodillas.

—¡Venga! —exclamó, sonriente.

—¿Cómo dice, mi brigada?

—¿Cómo que cómo digo? ¿A qué esperas para contármelo todo ahora mismo con pelos y señales? Esto va a ser la comidilla en el cuartel durante toda esta semana y ya comprenderás que no voy a dejar pasar la ocasión de tener información de primera mano sobre ello. Así que... ¡venga! ¡Desde el principio! Y quiero detalles. ¡Todos los detalles!

—Pero, mi brigada...

—¡Ni peros, ni leches! ¡Es una orden! ¡Je, je, je...!

Me entraron ganas de atizarle en la cabeza con el libro de rancho y salir huyendo. Por suerte, se escuchó entonces la voz apresurada del cuartelero de puertas:

—¡Compañíaaa! ¡El capitán!

Marmolejo palideció. Olvidando instantáneamente cualquier otra cosa, cogió apresuradamente su gorra y salió de la oficina a toda prisa, dispuesto a dar novedades.

Pobre hombre. No conocí a nadie en Melilla que asimilase peor que él los modos y modismos derivados de la jerarquía militar, ni a quien el trato con los superiores le supusiese mayor apuro. Su desazón ante un comandante, un capitán o un simple teniente de milicias llegaba a resultar patética.

Treinta segundos más tarde, Marmolejo regresó con cara de funeral.

—Te llama el capitán —me anunció.

—¡Oh, no...!

Si entrevistarse con el capitán Contreras ya era un trago difícil, hacerlo en aquellas circunstancias me producía una sensación cercana a la náusea completa. Rendido de cansancio y de sueño, mi cerebro funcionaba aproximadamente a la mitad de su velocidad normal y, por si esto fuera poco, sentía esa desagradable sensación de incomodidad del que lleva veinticinco horas sin cambiarse de calzoncillos.

—Te apuesto mi sueldo de un mes contra el tuyo a que sé de lo que vais a hablar.

—No se moleste, mi brigada. Yo también me lo imagino.

—Pero recuerda que el siguiente en la lista para escuchar la historia de Júlvez... ¡soy yo!

—Descuide, mi brigada. Y, por cierto, se llamaba Júdez y no Júlvez —le corregí mientras, en un ritual previamente concertado entre ambos, me plantaba ante él girando lentamente sobre mí mismo.

Marmolejo me observó detenidamente, con profesional minuciosidad.

—Abróchate el botón de la hombrera derecha... Así. Y ponte bien la camisa, que te hace una arruga por detrás... La hebilla central de la bota izquierda... Eso es. ¡Bueno! Yo, más no puedo hacer. Para estar recién salido de guardia, no haces mala pinta del todo. Pero que consigas salir indemne sólo depende de la suerte. ¡Que Dios la reparta a manos llenas, hijo mío!

—Gracias, mi brigada. Nunca le olvidaré.

## 3 *Contreras*

Salí de la oficina y me planté ante la puerta del despacho del capitán. Sin llamar previamente, tal y como mandan los cánones del protocolo militar, abrí.

—A la orden, mi capitán. ¿Da su permiso?

—Pasa —dijo él sin levantar la vista de un informe que leía.

Entré, cerré, me adelanté un par de pasos y permanecí en una postura de firmes relajada.

Desde el primer momento encontré al capitán Contreras inusitadamente nervioso y preocupado. Me tuvo casi medio minuto ante él sin dedicarme siquiera una mirada. Eso me extrañó. Arnaldo Contreras era duro e irascible, pero no maleducado. Tanto tiempo me tuvo allí plantado, que llegué a pensar que realmente se había olvidado de mi presencia. De pronto se frotó con los dedos el puente de la nariz, como para aliviarlo del peso de unas inexistentes gafas. Pareció entonces despertar de un mal sueño y clavó en mí su mirada azul, de un azul irritantemente claro, que aún lo parecía más por contraste con su barba negrísima, siempre pulcramente recortada.

—Me gustaría —comenzó, arrastrando las palabras con aire cansino— que lo que hablemos ahora aquí quede entre nosotros. Lo que deba o pueda ser hecho público lo será por cauces oficiales. ¿Me has comprendido?

—Sí, mi capitán —afirmé, sin comprender nada en absoluto.

Incluso parecía distraído, cosa inaudita en él. Revolvió los papeles sobre su mesa, como buscando algo que no estaba seguro de encontrar. De improviso reanudó la conversación.

—Vamos al grano. Quiero saberlo todo sobre el incidente de ayer.

Cruzó las manos y las apoyó en la mesa ante sí. Yo permanecí en silencio durante unos instantes. En el tono de Contreras hubo algo que no me gustó desde el primer momento. Al ver que yo continuaba en silencio, endureció claramente el gesto, lo que me animó a arrancarme.

—Verá, mi capitán. Acabo de prestar declaración ante el teniente coronel Fonseca, el instructor del caso...

—¿Y...?

—... me ha recomendado encarecidamente que evite hablar del asunto con nadie.

—¡No diga tonterías! —bramó Contreras tras un segundo de vacilación—. La recomendación del teniente coronel se refería, sin duda, a conversaciones de calle, con los compañeros, con personas ajenas al cuartel. ¡Esto es... oficial!

Me invadió una desazón casi incontrolable mientras trataba de decidir si proseguir o no con mi negativa. Pero supongo que mi sentido común me advirtió que cuando Contreras escupía las palabras de aquella manera, lo único sensato era obedecer. ¡Al diablo el teniente coronel Fonseca!

—Por supuesto, mi capitán. Disculpe. ¿Qué quiere saber?

—Quiero saberlo todo. ¡Todo! Punto por punto.

Le habría mandado a hacer puñetas más a gusto... Tomé aire, carraspeé y empecé a desgranar una vez más, aprendida ya como el padrenuestro, la historia de los últimos minutos de la vida de Júdez y de las circunstancias que los rodearon.

Un cuarto de hora después di por concluido mi relato. Contreras había tomado varias notas y me había formulado media docena de preguntas capciosas. Ahora, por fin, cerró con gesto firme un portafolios y yo supuse que con aquello daba por terminado el interrogatorio.

Sin embargo, de improviso, volvió a dirigirme la palabra, que no la mirada.

—¿Conoces a un tal... Cidraque? Álvaro Cidraque.

—¿Cidraque? Claro, mi capitán. Es nuestro preso.

La mirada interrogante de Contreras me obligó a explicarme de inmediato:

—Casi todas las compañías tienen a alguien en el calabozo. Son una lata para los oficinistas porque nos descuadran las listas y el número de presentes no nos concuerda con el de formaciones; y tampoco se les puede dar como ausentes porque están dentro del cuartel y tienen derecho a rancho, ya sabe usted; de modo que hay que llevarlos en la memoria...

—Al grano...

—Pues eso, mi capitán: que nuestro preso es Cidraque. Le cayeron dos meses por... bueno, por insolentarse con el comandante Gutiérrez, si no recuerdo mal. Fue justo antes de que usted se incorporase a la compañía.

—Bien, bien... Pero ¿le conoce personalmente?

—Sí, por supuesto. Hasta que le metieron en el *trullo* era de esos que no pasan desapercibidos precisamente.

—¿Tu opinión sobre él?

Vacilé antes de contestar pero, sin tiempo para idear una respuesta de conveniencia, terminé por decir justamente lo que pensaba.

—Quizá no sea el perfecto soldado; pero a mí me caía bien. Me cae bien —corregí—. Y es una persona indudablemente inteligente.

—Eso parece. Por encima de la media, ¿no?

Sonreí involuntariamente.

—Si me permite la pedantería, por encima de la media me colocaría a mí mismo. Lo de Cidraque es una barbaridad.

El capitán Contreras se acarició la barba, pensativo.

—Eso es todo. Si te necesito, te volveré a llamar.

—A la orden, mi capitán.

Taconazo y media vuelta. Fin del suplicio.

Cuando salí del despacho de Contreras, expresé *sotto voce* mi fervoroso deseo de que contrajera cuanto antes el virus de la hepatitis B.

No volví a la oficina de inmediato. Imposible. La conversación con el capitán Contreras me había puesto los nervios a cien.

Pero no sólo eso. También me había intrigado sobremanera. ¿A qué venía tanto interés por Júdez? Porque de que lo tenía, no había ninguna duda. Acababa de invitarme a infringir la orden clara y rotunda de un superior de ambos. «Ni una palabra a nadie —había dicho el teniente coronel Fonseca—. Y eso significa, precisamente, a nadie.» Más claro, agua. Menos para Contreras. Tanto interés por la muerte de Júdez... Y tan evidente... ¿Y lo de Cidraque? ¿Por qué le había mencionado? Ni siquiera le había visto nunca, pues estaba en el calabozo desde antes de que él se incorporase al mando de la compañía.

Si hasta ese momento el asunto Júdez había sido harto desagradable, ahora tuve la molesta sensación de que podía complicarse insospechadamente. Especialmente si, tal y como yo me figuraba, Cidraque entraba en escena.

Estaba seguro de que Contreras no le había mencionado porque sí.

## 4 *Cidraque*

De modo que apenas me sorprendí cuando quince minutos más tarde eché un vistazo por la ventana y vi a Cidraque acercándose a la compañía, custodiado por un soldado de la guardia.

—A la orden, mi brigada. Le traigo a este cabo arrestado. El capitán Contreras quiere hablar con él.

El brigada Marmolejo, sorprendido, tomó el interfono interior.

—Mi capitán, acaban de traer al cabo Álvaro Cidraque...

—Que pase a mi despacho —cortó Contreras.

—A la orden, mi capitán.

Marmolejo me miró inquisitivamente.

—¿Tú sabías algo de esto?

—Pues... no exactamente, mi brigada, pero... me lo olía.

—Como siempre. En esta compañía el último que se entera de las cosas soy yo.

El brigada despidió al escolta y se encaró con el recién llegado.

—Vaya, vaya, Cidraque. ¡Cuánto sin verte! ¿Qué tal en el calabozo?

—Regular, mi brigada.

—Aquí regulares, todos.

Cidraque sonrió de mala gana.

—Me alegro de que esté de buen humor, mi brigada. Por cierto, ¿qué tal el nuevo capitán?

Marmolejo suspiró antes de responder.

—De muchísimo cuidado. Ándate con ojo ahí dentro si no quieres salir con dos meses más de *trullo*.

—¡Vaya, hombre! Así que nos ha tocado un «duro».

—Como el pedernal —confirmó el brigada—. ¡Hala! Mira a ver qué quiere de ti.

—A LA ORDEN DE USTED, mi capitán. Se presenta el cabo Álvaro Cidraque, de la Plana del Segundo, llamado por usted.

El capitán Contreras miró fijamente al muchacho alto y robusto que acababa de entrar. Se sorprendió por su escrupuloso afeitado, por su cuidadísimo bigote, por su impoluto uniforme, como recién entregado por la lavandería. Jamás habría esperado que alguien sacado por sorpresa de un calabozo mantuviese tan impecable aspecto. También advirtió que no representaba la edad que tenía. Le hubiera dado los veinte años habituales en un soldado de reemplazo, de no saber que había cumplido ya los veintisiete.

—De modo que tú eres el famoso Cidraque.

—Sí, mi capitán.

—Descansa.

Contreras revolvió entre los papeles de su mesa, reuniendo aquellos que hablaban del recién llegado. Se los distribuyó armoniosamente ante la vista para tenerlos a mano si necesitaba consultarlos. Releyó por encima alguno de ellos. Deliberadamente, se tomó para estas operaciones más tiempo del necesario. Por fin habló con tono sordo, mirando fija y duramente a los ojos de su interlocutor. Un método que solía darle buenos resultados.

—Me gustaría saber si cuanto dicen sobre ti estos papeles es cierto.

—Yo diría que sí, mi capitán.

Contreras, que no esperaba respuesta alguna, permaneció unos segundos ridículamente boquiabierto.

—Que sí, ¿qué? —preguntó al fin, confundido.

—Que lo que se dice en esos documentos sobre mí es, en líneas generales, cierto, mi capitán. Aunque hay algunas imprecisiones.

Contreras continuaba con la mirada fija en las pupilas de Cidraque.

—¿Acaso sabes lo que pone en estos papeles?

—Naturalmente, mi capitán.

Contreras permaneció unos segundos impasible. Luego, sonrió.

—Eso es imposible. Estás mintiendo.

—Le aseguro que no, mi capitán.

—¿Cuándo los has leído?

—Pues... ahora, mi capitán. Por fortuna poseo una vista excelente. Y también bastante habilidad para leer al revés. Los he leído mientras usted los colocaba sobre la mesa. Algunos, ni siquiera eso. Son cuestionarios que yo mismo he rellenado desde el comienzo de mi servicio militar. Lo que usted tiene junto a su mano derecha, por ejemplo, es mi examen para ascenso a cabo. Naturalmente, recuerdo todo cuanto escribí en él.

El oficial desvió al fin la mirada. Estaba francamente impresionado y no quería que se le notase. Su irritación, que desde la entrada de Cidraque en el despacho había ido en aumento, cesó de golpe. Se tomó algo de tiempo para reordenar su estrategia.

—Bien, Cidraque, bien... Ya que mencionas tu examen de ascenso a cabo, te diré que es, sin duda, el más brillante que se ha leído nunca en este grupo. Posiblemente, el más brillante de toda la Comandancia General de Melilla en muchos años. Y teniendo en cuenta que un examen de ascenso a cabo no pasa de ser una memez como un piano, resulta doblemente meritorio conseguir mostrarse brillante.

—Gracias, mi capitán.

Contreras carraspeó antes de seguir.

—Según tu expediente, eres licenciado en Filosofía Pura y en Ciencias Políticas...

—Doctor.

—¿Cómo?

—Doctor en Ciencias Políticas, mi capitán. Es una de las imprecisiones que le he comentado. Leí mi tesis doctoral el pasado mes de marzo, aprovechando el permiso oficial.

—Ah, ya. Así que doctor, ¿eh?... Y además lees al revés, según hemos comprobado hace unos instantes. Bien, bien... ¿Y qué otras habilidades posees, si no es mucho preguntar?

—¿A qué se refiere, mi capitán?

Contreras tomó el enorme pliego donde figuraban los datos de todos los soldados pertenecientes a nuestro reemplazo.

—Según tu ficha, por ejemplo, sabes tocar el piano, hablas cuatro idiomas y practicas la esgrima...

—Digamos que ésas son mis últimas aficiones. Pero he tenido algunas más. Sería largo enumerarlas.

Para Contreras, que alguien hiciera un comentario como aquél sin mostrar el más leve asomo de jactancia resultaba difícil de asimilar. Como, además, Cidraque le había dejado con la palabra en la boca, instintivamente endureció su tono.

—Y además de ser un superdotado, o quizás a causa de ello, eres un insufrible impertinente, cosa que, de momento, te ha llevado al calabozo.

Cidraque tragó saliva.

—Me temo que así es, mi capitán.

## 4 *Intermezzo. Gutiérrez*

Recuerdo perfectamente el día en que Cidraque fue a dar con sus huesos en el *Hotel la Reja.*

El teniente general Larrainzar acababa de hacerse cargo

de la Comandancia General de Melilla. Así que tuvimos la «suerte» de participar en una gigantesca parada militar en los altos de Rostrogordo, seguida del consiguiente desfile. Para aquella especial ocasión la Caballería trajo sus carros de combate; los Ingenieros, sus excavadoras; la Artillería, sus cañones y antiaéreos... y la Infantería, sus mejores galas.

Durante tres días consecutivos subimos a ensayar los movimientos del desfile. Como siempre, a los Regulares nos tocaba formar casi frente a la tribuna principal, lo cual hacía que nuestros superiores redoblasen sus advertencias sobre la necesidad de guardar un comportamiento impecable ante el nuevo comandante general de la plaza.

«¡Tened presente que no os quitará la vista de encima», nos recordaban una y otra vez.

«Las gorras rojas delatan cualquier movimiento dentro de la formación, ¡aun en el centro de las filas!»

«¡Vais a ser representantes de toda la guarnición!»

Y cosas por el estilo que a la mayor parte de nosotros nos traían sin el menor cuidado.

Se repetían los movimientos sincronizados: fiiir... ¡eis! Sobre el hombro... ¡arms! La banda ensayaba el himno nacional y las marchas del desfile. Luego, un teniente coronel del Tercio asumía el papel del comandante general, subía a la tribuna y lanzaba enfervorizados vivas para que todos ensayásemos las no menos enfervorizadas respuestas.

—Soldadosss, vivaesss... ¡paña!

—¡¡Viva!!

Por fin, las distintas unidades se desplazaban —atentos, paso li... ¡gero! Cabeza variación derechaaa... ¡ar!— en un enrevesado itinerario que las llevaba ordenadamente hasta el fondo de la explanada para, desde allí, pasar desfilando ante la tribuna de autoridades.

Era entonces cuando las cosas se complicaban para nosotros. El comandante Gutiérrez, accidentalmente al mando del II Tabor, no se aclaraba muy bien sobre el modo de llegar hasta la posición de inicio del desfile. En realidad, Gutiérrez no se aclaraba sobre casi nada. Era un chusquero llegado a comandante gracias a la guerra del 57 y en el grupo todos estábamos convencidos de que la degeneración cerebral que a otros les produce el alcohol, a él se la habían provocado los diez años que pasó bajo el sol sahariano de Villa Cisneros. Así, cada uno de los días del ensayo tuvo que corregirse sobre la marcha, mientras a través de la megafonía se escuchaba al teniente coronel de Legionarios:

—¡A ver! ¡Esos Regulareees, que no se aclaraaan!

Lo malo fue que el día de la verdad volvió a ocurrir. Llegado el momento, el comandante Gutiérrez se lanzó a paso ligero a un inconcebible recorrido, ante el asombro de autoridades militares y civiles, periodistas, resto de la guarnición y, sobre todo, de los ochocientos hombres de su tabor, que nos veíamos obligados a seguirle en su errático discurrir por Rostrogordo.

Justo a espaldas del comandante, Álvaro Cidraque, el mejor cabo del reemplazo, tenía el honor de llevar el guión del tabor. Y eso le condenó. Porque cuando tuvimos que esquivar por los pelos a un escuadrón de carros de combate que amenazaba con pasarnos por encima, decidió tomar cartas en el asunto.

—¡Pssst! ¡Eh! ¡Mi comandante, que no es por ahí, hombre de Dios!

—¿Cómo?

—¡Que se ha confundido usted! ¡Tendríamos que haber seguido a aquella bandera del Tercio y ahora nos van a cortar el paso los Regulares de Alhucemas!

El comandante Gutiérrez no daba crédito a sus oídos. Un simple cabo le estaba enmendando la plana a él, un veterano de la guerra del Sáhara. Y, además, no callaba ni a tiros, el maldito.

—Yo creo —continuó Cidraque en un tono de claro reproche— que después de tres días de ensayos bien se lo podía haber aprendido, y no obligarnos a hacer el ridículo de esta manera. Vamos, digo yo.

—¿Cómo se atreve a dirigirse a un superior en esos términos, cabo? —le increpó el capitán Rosas que, atónito, lo estaba oyendo todo.

—¿Es que acaso no tengo razón, mi capitán?

No hizo falta que contestara. En ese momento, el mismísimo coronel Cabeza, nuestro coronel, hecho una furia y más colorado que un pimiento, se acercaba a grandes zancadas hacia el comandante. Cuando habló, le rechinaban los dientes de pura rabia.

—¡Gutiérrez! —chilló bajito—. ¿Qué demonios hace aquí este tabor?

—Mi coronel, yo... —balbuceó Gutiérrez.

—¡Llévese a sus hombres! Gane la posición de salida de desfile ¡como sea! y cuando volvamos al grupo, pase a verme por mi despacho. ¡Inútil!

—A... a la orden, mi coronel.

Y quizá la cosa no hubiese pasado de ahí, de no ser porque Cidraque, apenas se hubo marchado el coronel, se permitió rematar la escena con un comentario de los suyos:

—Ayayayay... ¿Lo ve, mi comandante? Ya se lo decía yo. Si me hubiese usted hecho caso...

Al comandante lo destinaron al Peñón de Vélez de la Gomera.

A Cidraque le cayeron dos meses de calabozo.

Cuando el capitán Contreras le llamó aquella mañana, había cumplido ya cuarenta días.

## 4 *Conclusión. Mata-Hari*

—Dime, Cidraque: ¿tienes idea de por qué te he hecho venir?

Naturalmente que la tenía. Pensar en ello era lo primero que había hecho en cuanto supo que Contreras quería verle.

—Quizá me equivoque —respondió—, pero yo diría que tiene algo que ver con el incidente protagonizado esta pasada noche por mi compañero de calabozo.

Contreras asintió.

—Efectivamente. Se llamaba Jesús Moliner García, ¿no es así?

Contreras asintió.

—Sí, en efecto... —Cidraque se detuvo en seco. Le cambió la expresión—. ¿Se... llamaba?

Contreras convirtió su tono de voz en un susurro sordo:

—Ha muerto esta madrugada —dijo, un poco dramáticamente.

Cidraque cerró los ojos y suspiró hondamente a la par que musitaba algo ininteligible. El capitán Contreras aguardó unos instantes antes de continuar.

—¿Erais buenos amigos?

El cabo se encogió de hombros antes de contestar. Parecía abatido, pero su mente estaba funcionando a toda velocidad.

—Ni sí... ni no, mi capitán. La vida en el calabozo crea extrañas relaciones, ya sabe. Cuando me encerraron, Moliner era el único inquilino. Cuarenta días de compartir celda dan para mucha conversación.

—Y entre tanta conversación, supongo que se mencionaría en algún momento su... afición por la heroína.

Cidraque tardó unos segundos en responder.

—Sí, por supuesto. Yo sabía que estaba *enganchado.*

—Parece estar fuera de toda duda que anoche se inyectó una dosis adulterada que, primero, le provocó una violenta reacción y, más tarde, le llevó a la muerte.

—Y eso, ¿quién lo dice?

Contreras pasó por alto el insolente tono de Cidraque y le alargó un informe médico con el membrete del Hospital Militar.

—Es provisional. Como ves, lo firma el doctor Sau.

—Conozco a Sau —respondió Cidraque mientras devolvía el informe, tras leerlo con asombrosa rapidez—. Si él cree que fue así, es que así fue.

—Eso mismo pienso yo. Lo cual nos sitúa ante la segunda muerte en similares circunstancias en un plazo de muy pocas horas.

Con esta referencia a la muerte de Júdez, el capitán esperaba, sin duda, alguna reacción por parte del cabo, pero ésta no se produjo. Cidraque se limitó a seguir mostrándose moderadamente abatido.

Contreras se levantó de la mesa y se acercó a la ventana del despacho. Siguió hablando de espaldas a su interlocutor.

—Tal como supones, tu presencia aquí está motivada por estos dos fallecimientos. Pero te preguntarás qué quiero de ti en concreto.

—Así es.

Contreras tenía miedo. Por eso continuaba hablando de espaldas a Cidraque. Temía no saber mentir correctamente y que él lo advirtiera; temía que su mirada azul le delatase.

—Verás: Segunda Sección me ha encargado la investigación interna de estos dos graves incidentes. Se trata de indagaciones paralelas a las que va a hacer el teniente coronel Fonseca, que es el instructor del sumario. Para uso interno del grupo, podríamos decir. Y necesito ayuda. Alguien inteligente entre la tropa, que pueda llegar a donde yo no puedo.

Cidraque volvió a demorar unos segundos la respuesta. Sentía que el terreno se volvía resbaladizo. Tenía que medir cada una de sus palabras.

—¿Me está pidiendo que espíe a mis propios compañeros?

Cuando Contreras se volvió, sus ojos parecían echar chispas.

—Para no andarnos con rodeos, sí —admitió—. Pero no te confundas. No me interesa saber quién se *pica* en este cuartel. Si has de enterarte de ello, será para ir más allá. Quiero saber de dónde salió esa porquería que se inyectaron Júdez y Moliner. Si hay una partida de heroína adulterada y fuera de control, es preciso actuar con rapidez antes de que se produzcan más... casos desagradables. Espero que entiendas la importancia del asunto. Te estoy pidiendo que me ayudes a esclarecer en lo posible los hechos, pero, sobre todo, a evitar nuevas muertes.

—Muy loable. ¿Y a cambio?

Contreras apretó los dientes. Cuando, un instante más tarde, separó los labios, dio la sensación de que iba a dejar escapar una maldición. Pero lo que hizo fue sonreír mientras volvía a su mesa.

—A cambio... nos olvidamos de los veinte días que te quedan de calabozo. ¿De acuerdo?

Cidraque no movió ni una pestaña. Permaneció impasible, como esperando que Contreras ampliase su oferta. Lo hizo casi de inmediato:

—... y podemos borrar de tu expediente los cuarenta que ya llevas.

Esa propuesta ya mereció una reacción por parte del cabo.

—¿Significa eso que se me descontarán del tiempo del servicio?

—Como si hubieras estado haciendo guardias. Podrás licenciarte el mismo día que tus compañeros de llamamiento.

—Póngalo por escrito.

—Ni lo sueñes.

—Entonces, déme su palabra.

Contreras sonrió nuevamente. Le gustaba la rapidez de reflejos.

—Muy bien. Tienes mi palabra.

Cidraque carraspeó. Quizá para asegurarse de que su voz sonaría firme.

—De acuerdo, capitán. Seré su Mata-Hari.

Contreras alzó un índice hacia el cabo.

—Quiero resultados in-me-dia-tos, Mata-Hari.

Cidraque se adelantó dos pasos, apoyó ambas manos sobre la mesa y se inclinó hacia el oficial, hablándole a un palmo de la cara.

—Entonces, sáqueme del calabozo in-me-dia-ta-men-te, capitán.

Contreras sintió que le hervía la sangre ante semejante demostración de arrogancia. A duras penas se contuvo; pero lo hizo. Y Cidraque no pasó por alto el detalle.

Al abandonar el despacho, Cidraque ofrecía la misma expresión impenetrable que a su llegada. Como si el capitán Contreras le hubiera llamado simplemente para saludarle.

—¿Llamo al cuerpo de guardia para que nos manden un escolta? —pregunté.

—¡Bah! Acompáñale tú mismo. Y si intenta huir, te haces el loco, a ver si un centinela le mete dos tiros por la espalda.

—Olé los brigadas con salero —replicó Cidraque mientras salíamos.

Entonces sucedió algo pasmoso. Apenas salimos de la compañía, en un rasgo de confianza que yo jamás hubiera esperado en él, Álvaro Cidraque me puso al corriente de su conversación con el capitán Contreras. No sólo eso sino que, al terminar su relato, solicitó mi opinión sobre todo ello.

Para mí, el asunto se caía por su propio peso.

—Sinceramente, Cidraque..., es lo más absurdo que he oído en mi vida, se mire por donde se mire. Da la sensación de que Contreras ha perdido un tornillo.

—De acuerdo. Quizá Contreras esté grillado, pero ¿crees que puede cumplir su palabra y sacarme del *trullo* esta misma noche?

—No lo sé. Juega a tu favor el hecho de que el comandante Gutiérrez ya no está en el grupo, pero aun así... En tu lugar, no me haría demasiadas ilusiones. Podría tratarse de una broma pesada.

Cidraque negó con vehemencia.

—No creo que Contreras se tomase tantas molestias para gastarme una broma. Y además, justo al final de la entrevista, he traspasado deliberadamente la barrera de lo impertinente. Y el tío ha tragado hiel, pero ha hecho como si no se diera cuenta. ¿Qué te dice eso?

—Pues...

—Que realmente me necesita. Y me necesita fuera.

—Ojalá. Pero, insisto, yo que tú no me haría demasiadas ilusiones.

Sin embargo, pese a mis negativas previsiones, en la orden del día leída a retreta de esa misma noche se anunció un extraño indulto —con motivo de una no menos extraña festividad— del cual, una vez aplicadas sus especialísimas características, sólo se pudo beneficiar un arrestado: Álvaro Cidraque.

## 5 *Hassán*

Demasiado mayor para andar de limpiabotas, pero aún joven para *camellear* con el hachís y la marihuana, Hassán no tenía más ocupación que pasear durante todo el tiempo en busca de la oportunidad que le permitiese la subsistencia diaria.

Y la oportunidad de aquella tarde se presentó en el bolso entreabierto de una mujer que salía de las oficinas de la compañía

Iberia, en plena avenida del Generalísimo. Hassán avanzó hacia ella con paso decidido y, al llegar a su altura, deslizó la mano, atrapó lo primero que encontró y echó a correr a renglón seguido. La operación había sido rápida, pero tan torpe que la víctima se percató al instante.

—¡Detengan a ese chico! ¡Me ha robado!

De la avenida del Generalísimo se dice que es más ancha que larga. Seis carriles de ida y seis de vuelta entre la plaza de España y la plaza Toshiba, divididos por una veintena de palmeras descomunales y flanqueados por amplísimas aceras. Motocicletas monstruosas que levantan rueda a la salida de los semáforos para clavar los frenos antes de haber podido engranar la tercera velocidad. Coches que suben avenida arriba y bajan avenida abajo y suben y bajan, y suben y bajan como ratones en el laberinto, sin poder escapar, ensuciando bujías, sin destino, sin haber podido demostrar nunca de lo que son capaces. Ésa es la avenida.

—¡Detengan a ese chico! ¡Me ha robado!

Por cierto que con aquel calor abrasador no tenía yo la menor intención de lanzarme a corretear por las calles de Melilla tras un ladronzuelo, pero la curiosidad sí me hizo levantar la vista. Y cuál no sería mi sorpresa al reconocer en la apurada víctima del robo nada menos que a la esposa del capitán Contreras, que además me miraba fijamente, como si me hubiese dirigido en exclusiva su llamada de auxilio.

Por un brevísimo instante pensé en hacerme el sueco pero, ya digo, fue sólo cuestión de un momento. Un par de imágenes cobraron vida en mi mente y me convencieron de salir disparado como una flecha, avenida abajo, tras los pasos del ratero. La primera representaba al capitán Contreras al día siguiente, hecho un basilisco, recriminándome no haber salido en ayuda de su esposa. En la segunda aparecía la propia señora de Contreras —una mujer joven y atractiva, de ésas cuyo único defecto radica en tener marido— sonriéndome encantadoramente tras devolverle sus pertenencias.

No resultó difícil darle alcance. Corría atropelladamente, con más miedo que eficacia. No intentó despistarme callejeando ni ocultándose, y le gané el terreno rápidamente.

Cuando le eché la mano encima, se le doblaron las rodillas y cayó al suelo cuan largo era. No quiso, sin embargo, soltar su botín —una cartera con la documentación habitual y un par de tarjetas de crédito— y aún tuve que retenerle durante unos instantes para quitársela a la fuerza. Quizá esa leve demora fue lo que precipitó los acontecimientos. Iba ya a emprender el regreso con aire triunfador, cuando ocurrió lo inesperado. Un taxi libre frenó escandalosamente junto a nosotros. Descendió del mismo su conductor, un fornido sujeto con aspecto de *aizkolari*, hecho una auténtica furia y lanzando venablos.

—¡Malditos moros de mierda! ¡Ladrones! ¡Sinvergüenzas! ¡Habría que echarlos a todos! ¡Todos fuera de Melilla! ¡Melilla española y sin moros!

Se abalanzó sobre nosotros y, antes de que el chico ni yo pudiésemos percatarnos del peligro, sacudió al ladronzuelo un bofetón terrorífico que le hizo rodar por el suelo.

Quedé tan asombrado que no reaccioné sino al comprobar que aquel energúmeno pretendía continuar golpeando al muchacho.

—Pero..., pero ¿qué está haciendo? —grité, tratando de detenerle.

Estaba claro que no era yo el blanco de sus iras, pero el sujeto se desasió de mí con tal facilidad y contundencia que me envió, volando, contra el escaparate de una tienda cercana, que no se hizo añicos contra mi cabeza de puro milagro.

Los siguientes minutos están un tanto confusos en mi memoria. Vagamente, creo recordar a un regular y un legionario sujetando con apuros al taxista; a varios transeúntes asistiendo impasibles a la escena desde prudente distancia; y a una pareja de policías municipales llegando a la carrera al lugar de los hechos.

Cuando recuperé la claridad de mente, me encontraba en el portal de una vivienda cercana, junto al muchacho, la señora de Contreras y los municipales, esperando la llegada de un coche patrulla.

—¿Y el taxista? —pregunté.

—Se ha ido —fue la lacónica respuesta de uno de los policías. Al principio pensé que hablaba en broma.

—¿Cómo que se ha ido?

—No tenía nada que hacer aquí.

—¿Cómo que no tenía...? ¡De modo que ese energúmeno casi me abre la cabeza y ustedes dejan que se vaya tan campante!

—Según los testigos, usted le atacó primero.

—¿Que yo le...? ¡Por Dios bendito! ¡Se estaba ensañando con este chico! ¡Podía haberlo matado!

Todo lo que conseguí fue un gesto de indiferencia. Sentí que de nuevo se me nublaba la vista, ahora de rabia e indignación.

## 6 *Elisa*

Hasta que el coche patrulla nos depositó en la comisaría, no me pregunté para qué nos habían conducido allí. Y fue la esposa del capitán Contreras quien me lo explicó.

—Bueno... He sido víctima de un robo. Estas cosas hay que denunciarlas, ¿no?

Miré al ladronzuelo. Estaba aterrorizado. Luego, miré a la señora Contreras. Tuvo que tener unos veinte años de campeonato. Y no debió de ser mucho tiempo atrás.

—Escúcheme, por favor... Usted ya ha recuperado su cartera. ¿Por qué no deja que se vaya? Es un niño. Un crío nada más. ¿Cuántos años tienes, chico...? ¿Lo ve? Está tan asustado que se ha olvidado hasta de los años que tiene...

—Doce —susurró Hassán.

—Doce años. ¿Lo ha oído? ¡Tiene doce años! Doce años... ¡Por Dios! ¡Doce años...!

—Quizá esto le sirva de escarmiento —recitó con escasísima convicción— y evite que se convierta de mayor en un delincuente.

Lo que hay que oír. La frase, seguro, se la habría enseñado el sacamantecas de su marido.

—También puede que suceda al contrario —repliqué, algo dramáticamente—. Puede que esto le marque para siempre, que pierda la fe en la justicia y acabe siendo un terrorista, asesino de militares, por nuestra culpa.

—Hombre...

—Como lo oye.

—No lo había pensado, la verdad.

Un cabo primero de la policía se nos acercó en ese instante, llevando en la mano unas hojas y un bolígrafo.

—Lo siento, señora, pero el comisario ha salido y tardará en volver. Si no quiere esperar, firme la hoja de la denuncia y nosotros la redactaremos más adelante.

Visto y no visto, había puesto el bolígrafo en la mano de la mujer, mientras señalaba con el dedo la zona inferior de unos folios en blanco.

No sé qué me molestó más: si la descarada ilegalidad del método o la mirada que el policía deslizó por el escote de la mujer. Una de las dos cosas hizo que me pusiera en tensión, aunque preferí esperar acontecimientos.

—¿Qué le ocurrirá al chico? —preguntó la mujer.

El policía esbozó una asquerosa media sonrisa.

—Nada; no se preocupe, señora. Le haremos pasar la noche en comisaría, le meteremos un poco de miedo y así aprenderá.

—Ah, bueno...

Iba a firmar. ¡Iba a firmar! ¡La muy insensata iba a firmar! Naturalmente, no quedó más remedio que intervenir. De algún recóndito rincón de mi desequilibrada personalidad saqué la determinación necesaria para levantarme, cogerla por el brazo y llevármela aparte.

—Por lo que más quiera —susurré—. ¿No irá usted a firmar?

—¿Por qué no? Ya has oído. Ellos se encargarán de todo.

—¿Y eso no le suena mal? ¿No le suena mal, especialmente viniendo de alguien tan poco escrupuloso como para pedirle que le firme un papel en blanco? ¿Y qué le parece a usted eso de retener a un niño de doce años y «meterle un poco de miedo»?

¿Dejaría que hicieran eso con un hijo suyo? Porque a mí me parece una... una barbaridad.

—Hombre, no sé...

—Y déjeme decirle otra cosa: nunca imaginé que vería a un honrado ciudadano apalear a un niño de doce años en plena calle y marcharse luego tan tranquilo ante la complacencia de la policía.

La reacción de los agentes presentes en la sala me indicó que, pese a mis precauciones, se estaban enterando de todas y cada una de mis palabras. El cabo primero se nos acercó de nuevo. Me taladró con la mirada.

—¿Le está molestando, señora?

—¿Cómo? No, no... No se preocupe —replicó ella.

—Me ha parecido que intentaba coaccionarla.

Tuve que respirar hondo para serenarme.

—¿Se refiere usted a mí? —pregunté, con la voz casi temblando de ira—. ¿De veras insinúa que yo intento coaccionarla?

—Eso me ha parecido. Y también a algunos de mis compañeros.

Por lo visto, quería dejar bien claro que tenía testigos.

Me fui hacia él. Me sacaba casi una cabeza de estatura.

—¿Y cómo llamaría usted a pretender que alguien firme una denuncia en blanco?

—Yo no he pretendido nada. Me he limitado a sugerirle...

Cogí un folio de la mesa más cercana y se lo tendí.

—Firme usted aquí. ¡Vamos! Firme al pie de esta hoja, que yo redactaré más tarde su declaración.

—Ya basta, haga el favor —mascculló, endureciendo definitivamente el tono.

—¿No quiere? ¿No le gusta? Es justamente lo que usted pretendía hace un minuto.

Se produjo un tenso silencio durante el cual la señora Contreras me miró largamente a los ojos. Sentí que lo había conseguido cuando se acarició, pensativa, la punta de la nariz en un gesto encantador. Se fue hacia el policía y le tendió el bolígrafo.

—Lo he pensado mejor. No presentaré denuncia contra el chico.

El hombre se puso rojo como un tomate. Parecía a punto de estallar.

—Si quiere esperar al señor comisario... Quizá no tarde.

—He dicho que no voy a presentar ninguna denuncia.

—Pero...

—Ya ha oído a la señora —intervine—. Suelten al muchacho y perdonen las molestias.

Hassán observaba la escena sentado en una silla, con los ojos como platos. Le hice una seña y se levantó como una centella. La señora Contreras se acuclilló para poder hablarle a su altura.

—¿Cómo te llamas?

—Hassán, señora.

—Escúchame bien, Hassán. Esta vez has tenido suerte. Pero no siempre va a ser así. La próxima lo puedes pasar mal. Muy mal. ¿Me has entendido?

El chico tragó saliva y respondió con un hilo de voz:

—Sí, señora; Hassán entendido.

Por alguna razón me convencí de que, efectivamente, había aprendido la lección. Sobre todo cuando, mirándome, añadió:

—Gracias, cabo. Hassán no olvidará.

Al salir de la comisaría, me volví hacia la señora Contreras.

—Se lo agradezco mucho. Si alguna vez desea algo de mí, ya sabe dónde me tiene.

—Sí, creo que sí. En la oficina de la compañía de mi marido, ¿no?

Me halagó sobremanera que me recordase. Lo cierto es que tan sólo nos habíamos visto en una ocasión, a poco de incorporarse su marido a nuestra unidad.

—Tiene usted buena memoria.

—Hay gente a la que se recuerda con mayor facilidad —replicó ella.

¡Virgen Santa! Busqué de inmediato una frase para quedar bien.

—La... facilidad es mutua, se lo aseguro.

Fue todo lo que encontré. Pero el matiz insinuante que conseguí imprimirle aderezó lo vulgar del contenido. Ella sonrió, mostrando sus dientes superiores, de una perfección envidiable.

—Me gustaría pedirte un favor.

—Usted dirá.

—Que me tutees. Me llamo Elisa.

Estuve a punto de atragantarme, pero logré que no se me notara.

—Será un placer... Elisa.

Hasta ese momento la había mirado a la boca, como hago inconscientemente siempre que hablo con alguien. Ahora lo hice directamente a los ojos, que brillaban de un modo peculiar. Tuve la sensación de que me estaban enviando un mensaje que yo no me atrevía a comprender.

—Espero —susurró— que volvamos a vernos en circunstancias más... agradables.

Me tendió la mano y yo se la estreché con todo el sentimiento de que fui capaz. Ella la retuvo largamente. Me atrajo hacia sí y me despidió por fin con un par de besos en las mejillas; aunque, a decir verdad, el segundo de ellos se quedó un poco corto y me fue a caer en la comisura de los labios.

Permanecí unos minutos allí plantado, viendo cómo se alejaba, paseo de Tánger adelante, hipnotizado por su melena castaña y tratando de sosegarme. Desde el interior de la comisaría, tres policías me miraban con envidia mal disimulada. Me calé la gorra montañera, echándola sobre los ojos, me volví hacia ellos y llevé la mano a la visera para obligarles a devolverme el saludo, cosa que hicieron puntualmente.

Luego me alejé, radiante, buscando la sombra de los enormes ficus que jalonaban la acera del paseo. Me sentía feliz. Entiéndase: todo lo feliz que uno puede sentirse en Melilla.

## 7 *Monedero*

Después de la formación de retreta, las oficinas de las compañías se convierten durante veinte minutos en pequeños manicomios. Allí confluyen el suboficial de semana metiéndole prisa al oficinista para que termine de redactar el parte; el cabo de cuartel repartiendo instrucciones entre los cuatro imaginarias de la noche; y todos los «agraciados» con algún servicio para el día siguiente haciendo fila —cuando no barullo— para protestarle airadamente al furriel su injusta adjudicación.

—¿Viene o no viene ese parte? ¡Que tengo sueño!

—Un momento, mi sargento primero —resoplé, aporreando la Olivetti a todo gas—. ¿Ve? Ya está. Tenga: firme y que haya suerte.

—Más te vale que esta noche no tenga que subir dos veces al cuerpo de guardia —amenazó el sargento primero Monedero, mientras estampaba su firma al pie de la octavilla.

Acto seguido, tomó aire y empezó a lanzar gritos a pleno pulmón.

—¡Ya está bieeen! ¡Todo el mundo fuera de la oficina! ¡No hay más protestas al furriel! La semana que viene vendrán los nuevos y podréis descansar pero, mientras tanto, ¡a aguantarse tocan! Cuando baje de entregar el parte, quiero a todo el mundo en la cama. ¡Como vea de pie a alguien que no sea el primer imaginaria, le meteré cuatro días! ¡Ojo conmigo!

Adolfo comprobó con alivio cómo los berridos del suboficial disolvían como por ensalmo el nutrido grupo de protestantes que se arremolinaban en torno suyo. Y en cuanto Paco Monedero salió hacia el cuerpo de guardia con sus habituales ademanes de guitarrista de cuadro flamenco, él se dejó caer en la silla del brigada y me miró con angustia.

—Esto se va a poner de punta —vaticinó—. Y el caso es que yo no puedo hacer nada. Si la compañía entra de servicio día sí y día no, la gente sale a dos guardias semanales, como mínimo.

—A mí no tienes que explicarme nada. Por suerte, sólo quedan unos días para que lleguen los del siguiente llamamiento y Monedero es bueno para esto de mantener a la gente a raya.

—Ya, ya lo he visto. Menos mal.

Pero, como para desmentir nuestras palabras, a los diez segundos llamaron a la puerta de la oficina.

—¿Qué tripa se te ha roto, Villalba? —mascullé, al ver de quién se trataba.

—Tengo que hablar con el *furri* un momento —dijo señalando a Adolfo.

—Ya has oído al sargento primero. No más protestas.

—Sí, sí. Pero es que esto es muy importante.

—Siempre lo es —sentenció Adolfo—. Si se trata de cambiar un servicio, la respuesta es no. Bajo ningún concepto. Lo siento.

Villalba lanzó sobre Adolfo una mirada terrorífica.

—Haz el favor de escucharme, al menos —le dijo en tono destemplado.

—¿Se trata de cambiarte la guardia de mañana? ¿Sí o no?

—Pues... sí. Sí, de eso se trata. Es que...

—Entonces, no te molestes —cortó Adolfo—. Tú mañana tienes guardia. Punto. ¿Está bastante claro o te lo digo en verso?

Yo no habría servido para cabo furriel. No tengo suficientes hígados. Está claro que si hay que machacar al personal con guardias, retenes, cocinas e imaginarias, pues hay que hacerlo y no quedan más cáscaras. Pero yo no podría. No sé decir que no.

Villalba había cambiado de estrategia. Ahora se había vuelto suplicante.

—Por favor, *furri* —gemía lastimeramente—, no puedes hacerme esto, compréndelo...

—No sólo puedo, sino que no me queda más remedio. Tú entraste de guardia el pasado jueves, ¿no? Pues si te cambio la de mañana tengo que poner a alguien que no hace ni cuarenta y ocho horas que salió. Y no lo pienso hacer.

—¡Maldita sea! ¡No puedo entrar mañana de guardia! ¡Mañana, no!

—Mira, me has picado la curiosidad. ¿Por qué mañana no?

Villalba pareció a punto de contestar. Pero en ese momento se escuchó el toque de silencio y, con él, pareció cambiar de idea.

—Porque no. Es... es muy complicado. Tienes que creerme.

—Ya me gustaría, ya...

Villalba, cada vez más excitado, se había acercado hasta la mesa en que se sentaba Adolfo, quien cruzó conmigo una rápida mirada de alerta. Instintivamente, acaricié un enorme pisapapeles de cristal que tenía a mi alcance. Villalba cambiaba de actitud de un modo desconcertante.

—¿Qué tengo que hacer? —dijo ahora, muy serio, con un deje

melodramático—. Vamos, *furri,* dime lo que tengo que hacer para que me quites esa guardia. Haré lo que tú quieras..., lo que quieras.

Adolfo se le quedó mirando. Luego, bajó la vista.

—Lárgate —mascullò—. Vete a dormir, que mañana tienes guardia.

Al momento siguiente, Villalba pareció a punto de echarse a llorar.

—¿Es que no lo entiendes, maldita sea? Mañana está de cuartel el capitán Gayarre...

—Sí. Mañana y el resto de la semana. ¿Y qué?

—No puedo hacer esa guardia, *furri.* ¡Cámbiamela, por Dios! ¡Por lo que más quieras!

—No.

Por un momento pensé que Villalba iba a saltar sobre Adolfo. Sin embargo, se contuvo. Dio media vuelta y salió dando un portazo. Me sentí enormemente aliviado.

—No le tienes mucha simpatía a Villalba, ¿eh?

—Eh, eh, no te confundas —protestó Adolfo—. No me cae simpático pero habría hecho lo mismo con cualquier otro. No puedo aceptar cambios. Tengo que seguir el cuadrante al pie de la letra. Si le hago un favor a uno, le estoy haciendo una faena a otro. Y si intento hacer compensaciones, antes del viernes me habré vuelto loco. No tengo margen de maniobra. Eso es todo. ¿O es que piensas que trato de fastidiar a los mariquitas?

Reí con ganas. Había olvidado los crueles rumores sobre el amariconamiento de Villalba. Rumores que, de recién llegado al grupo, le tuvieron mártir durante meses.

—No, hombre, no —admití—. Ya sé que, aunque te caigan como un tiro, serías incapaz de darles trato de desfavor. Para ti todos los hombres son iguales, sin distinción de raza, color, creencias o desviaciones sexuales. ¿No es eso?

—Exacto —afirmó Adolfo, muy serio—. La única medida especial que he tomado con Villalba fue la de asignarle la litera más alejada posible de la mía. Por si acaso.

Me encogí de hombros ostensiblemente.

—Chico, yo siempre he sido un escéptico respecto a los rumores. Y Villalba ni siquiera es amanerado.

—¡Ésos! ¡Ésos son los peores!

—Adolfo...

—Además, es igual: maricón o no, mañana Villalba tiene guardia.

En ese momento regresó el sargento primero Monedero. Le acompañaba Cidraque.

—Furriel, dale a éste una cama y una taquilla.

—Hooola, chicos —saludó el recién llegado.

Le miramos como a un aparecido.

—¡Hombre, Cidraque! —exclamó Adolfo, en tono indescifrable—. ¡Cuánto sin verte!

—¡Pero...! ¿Ya te han soltado? —pregunté, asombrado.

—Influencias, muchacho... ¡Influencias!

Interrogué con la mirada a Monedero.

—A mí no me mires, que yo no entiendo nada. Sólo sé que al llegar al cuerpo de guardia para entregar el parte, va el teniente y me dice que me lo traiga ya a la compañía. Yo le digo que, según la orden del día, hasta mañana a diana no cumple el arresto. Y ¿qué creéis que me contesta? Que Cidraque le ha jugado a los dados el salir esta misma noche y que le ha ganado.

—¿Al teniente Matamoros?

—Al mismo.

—Imposible. Si es el tío más íntegro del grupo... No bebe, no fuma, no se le conocen líos de faldas...

—Cierto. Sólo tiene un defecto —afirmó Cidraque, sonriendo amplia y enigmáticamente—. Juega fatal a los dados.

De inmediato, Adolfo asignó a Cidraque, a petición propia, una litera en el fondo de la compañía. Precisamente el lugar en el que tenía su feudo lo más granado de la tropa. Allí donde cada noche, tras el toque de silencio, pasaban los *canutos* y las *litronas* de mano en mano, entre frases arrastradas con acento de Vallecas y el reflejo del televisor de la compañía, conectado hasta altas horas de la madrugada gracias al pase de películas de vídeo por la pequeña emisora privada de televisión de la ciudad.

Cien días antes, colocar a un *enterado* como Cidraque en aquella zona habría sido jugarle una mala pasada. Ahora, recién salido del *trullo* y con nueve meses de mili a las espaldas, significaba rodearle de sus más incondicionales admiradores.

# *Martes de Carnaval*

## *1 Diana*

A poco de amanecer en verano, y aún de noche cerrada en invierno, parece como si la corneta del Apocalipsis te arrancase de un soplido del último sueño. O quizá del primero. Un instante después, el cuartelero de puertas, que lleva ya su buen rato levantado y, como es lógico, gasta un genio de mil demonios, brama lo más destempladamente que le es posible:

«¡Compañíaaaa... Dianaaa!»

El resultado es el mismo que si hubiese gritado: «¡Fuegooo!»

Se encienden las luces de la compañía y doscientos tipos se tiran de la cama y empiezan a correr en calzoncillos de aquí para allá. Suenan los crispantes portazos metálicos de las taquillas. Se escuchan los peores improperios del día. El suboficial de semana añade su contribución personal al guirigay mañanero:

—¡Al terminar el toque de corneta, quiero a todo el mundo fuera! ¡El último tendrá dos días de arresto! ¡Venga, ganduleees!

Una delicia, vaya.

La mañana de aquel martes me levanté hecho fosfatina. Estaba claro que una tranquila guardia como la del pasado domingo no era algo de lo que yo pudiera recuperarme con tan sólo siete horas de sueño.

Sentía la boca como si hubiese pasado la noche masticando polvorones y me zumbaban los oídos como si tuviese hospedada en el cráneo una *scola da samba*.

El cotidiano esfuerzo de saltar de la cama se me antojó titánico aquel día. Algo parecía dificultar mi coordinación motora y me obligaba a moverme como si estuviese atado de pies y manos dentro de un saco. Cuando, al fin, me vi puestos los pantalones y calzadas las botas, casi no podía creerlo. Después de eso, siempre trastabillando como un borracho, me dirigí a la oficina. A esas alturas, en la compañía ya no quedaba un alma. Entré como un *zombie,* tropezando con el archivador y tirando por los suelos seis o siete carpetas antes de encontrar la lista de formaciones. Iba a salir ya con ella en la mano cuando me percaté de que había alguien sentado a mi mesa. Entre brumas mentales y telarañas laríngeas, logré reconocerle.

—Fffshhh... Cidraque... eeehhhbbfff... eeehhhhfff... ¿Qué haces aquí?

—Esperarte —fue la respuesta.

—Ya... ooohhfff... Ooo... Oye, no te muevas, que vuelvo... eeegggsss... enseguida.

—Descuida. Aquí te espero. Y tranquilízate, hombre, que te va a dar una angina de pecho.

Guiado por mi piloto automático, conseguí llegar hasta el callejón, en el lateral derecho de la compañía, donde el sargento primero Monedero, con los hombres ya formados y en posición de firmes, me esperaba con claros signos de impaciencia.

Durante la lectura de la lista de diana fui poco a poco adquiriendo mi habitual claridad de ideas matinal. Al romper filas ya era capaz, incluso, de recordar mi nombre y apellidos. Regresé entonces a la oficina, impulsado por la curiosidad de saber si la fugaz visión de Cidraque había sido motivada por enajenación mental transitoria.

Pero, qué va. Al abrir la puerta, le encontré justamente tal y como vagamente le recordaba: sonriente y perfectamente vestido, calzado, lavado y peinado.

—¿Qué? ¿Mejor ya? —me preguntó.

Le dirigí la mejor mirada asesina que pude lograr a esas horas.

—¿Por qué no sales a la formación? —le increpé—. Te estás buscando volver al calabozo antes de haber respirado aire fresco.

—Chico, no tenía ganas. Pero ya ves que el sargento primero ni siquiera se ha acordado de mí.

Una sospecha me invadió al oír aquello. Cogí la lista y busqué Cidraque. Una A roja de «Ausente» lucía sobre el papel, fresca y lozana. Sin duda, la mejor manera de que el suboficial de semana no te eche de menos. Apreté las mandíbulas hasta que me rechinaron los dientes. Traté de no perder la compostura, aunque de buena gana habría saltado sobre el «ausente» Cidraque.

—No vuelvas a tocar mis papeles —le advertí en un tono que no dejaba lugar a dudas—. ¡Ni, mucho menos, a alterarlos!

—Bueno, hombre, bueno...

—Y ahora, explícame qué estás haciendo sentado en mi silla.

—Nada, hombre... Esperándote para ir a desayunar.

—¡Ah, no! Disculpa que no acepte tu ofrecimiento, pero me gusta desayunar tranquilo. No pienso soportar que me sigas dando la paliza. Está todo hablado. Es inútil que insistas.

—¿A qué viene eso? ¿Piensas acaso que no sé aceptar una negativa?

—Exacto.

Exacto. Cidraque era de los que jamás se dan por vencidos. Ya anoche, antes de acostarnos, había intentado convencerme para que le prestase mi ayuda en la extraña misión que el capitán Contreras le había encomendado. Naturalmente, le contesté que ni soñase con ello. Pero como si se lo hubiese dicho a la pared.

—Venga, hombre. ¿Vas a echarme una mano en esto o no? Te necesito. En serio.

—¡Que no! Mira, Cidraque, te lo dije anoche cien veces: me alegro de que esta carambola te haya permitido salir del calabozo, pero te tengo por alguien inteligente...

—El sentimiento es mutuo.

—¡Menos coba!... Y por eso mismo me extraña que estés dispuesto a seguirle el juego al capitán Contreras. Esa historia suya no hay quien se la trague. ¿Qué es eso de que Segunda Sección le ha encargado investigar? ¡Ni que fuera el agente 007! ¿Y lo de convertirte, precisamente a ti, en su espía? ¡Vamos! Ahí hay gato encerrado. Se huele desde Lima.

Cidraque sonrió.

—Llevas toda la razón, socio.

—¡No me llames socio!

—Lo único claro de todo este asunto es que Contreras no está jugando limpio, pero eso es precisamente lo que lo hace interesante. ¿No te encantaría saber qué es lo que se trae entre manos?

—Olvídame, Cidraque —repliqué aparentando convicción—. No me gustan ni los misterios ni los militares. Y los militares misteriosos me gustan todavía menos. Por supuesto que me encantaría descubrir que Contreras es en realidad un espía a sueldo de Pekín y desenmascararle públicamente. Pero un capitán de academia es demasiado enemigo para un cabo de reemplazo. Incluso para dos. Y no me gusta jugar en inferioridad de condiciones. Aunque ya veo que a ti te chifla.

Cidraque no perdía la sonrisa ni ante mis más brillantes razonamientos.

—En eso te equivocas —respondió ahora—. Yo nunca juego a perder. No olvides lo más importante: Contreras oculta algo. Y una persona que tiene algo que ocultar es una persona vulnerable.

Cidraque era un hombre de frases brillantes. Pero no lo bastante como para vencer mis precauciones.

—Lo lamento, Cidraque. No pienso dejarme engatusar. Si quieres jugar a los agentes secretos, juega tú solo. ¿Quién te lo impide?

—¡Vamos! Tú conoces como pocos el funcionamiento del grupo. Puedes andar por donde quieras y sabes cómo llamar a cualquier puerta. Necesito tu colaboración. Me es indispensable.

—¡No me hagas reír! Tú no necesitas a nadie para nada. Estoy seguro de que incluso puedes jugar al tenis contra ti mismo.

Cidraque resopló, desanimado, y cambió de estrategia.

—¿Dónde está tu espíritu aventurero, si puede saberse?

—Jamás he tenido espíritu aventurero. Jamás. Soy el prototipo del cobardón mediocre y anónimo.

—¡Justamente! Ahora tienes la oportunidad de dejar de serlo.

—Ni soñarlo. Soy feliz así. Mi novia se muere por los cobardes.

—Pero si me dijiste que no tenías novia...

—He querido decir mi futura novia.

Pareció darse por vencido. Me dirigió una mirada cargada de lástima y de desprecio. Se levantó lentamente de mi silla y se encaminó a la puerta. Con la mano apoyada en el picaporte, dándome la espalda, lanzó su última andanada verbal con un énfasis falso que enmascaraba a la perfección su verdadero sentido.

—Amigo mío, algún día tus nietos te pedirán que les cuentes historias de cuando estuviste en Melilla, esa ciudad fantástica que ellos nunca podrán conocer, que seguramente entonces ya no existirá, y no te quedará más remedio que inventarte una estúpida mentira. Recordarás este día y sentirás lástima de ti mismo.

Cerró de un portazo, dejándome en silencio. Qué cerdo. ¿Cómo podía ser capaz con cuatro palabras de tocar el amor propio de alguien tan poco orgulloso como yo?

Incomprensiblemente, había dado en el clavo.

Cogí el vaso de duralex y los cubiertos y abrí la puerta. Cidraque me esperaba fuera, exhibiendo su sonrisa indescifrable, sabedor de su triunfo.

—Vamos, insensato del demonio. Te invito a desayunar —le dije sin un pestañeo.

## 2 *Fajina*

Tras echarnos al cuerpo ese extraño brebaje que los militares preparan como desayuno, y cuya principal similitud con el café radica en que se puede servir en taza, Cidraque y yo nos lanzamos a la búsqueda de información. Naturalmente, los dos fallecidos eran el primer punto a considerar.

Simón Vargas, el furriel de la Séptima Compañía, no habría tenido inconveniente en dejarnos echar un vistazo a las pertenencias de Júdez, pero éstas habían sido ya empaquetadas para enviarlas a sus familiares.

—Sólo puedo enseñaros la relación de todo lo que encontramos al abrir su taquilla.

—Nos conformaremos con eso y con un vistazo a su ficha personal.

Ninguna de las dos cosas presentaba nada de particular. La lista de las pertenencias de Júdez era absolutamente anodina: unas cuantas llaves, la documentación, unos resguardos de lavandería, media docena de fotos en las que aparecía junto a algunos compañeros, un poco de dinero y la ropa de civil y de faena, ya que el cadáver sería enviado a su pueblo, vestido de militar, con la ropa «de bonito».

Cidraque había tomado una de las fotos, la típica en que se veía a un grupo de sonrientes soldados posando con una variada muestra del armamento que solíamos manejar.

—¿Quién de éstos es Júdez?

—El narizotas que sostiene la ametralladora —le respondió Vargas tras echar un vistazo.

Miró Cidraque entonces las demás fotografías, una a una, con redoblada atención, buscando en cada una de ellas el rostro de Júdez.

—No va a venir ningún familiar a hacerse cargo del cuerpo —me explicó Vargas—. Así que enviaremos el ataúd con escolta hasta Palencia.

—¿Sabes si le han hecho la autopsia?

—Sí, claro. La ordenó el juez instructor, naturalmente.

—Naturalmente —repitió Cidraque en un tono ligeramente ácido.

Los datos de la ficha los copié a mano: Eusebio Júdez Trullón; veinte años; natural de Frómista, provincia de Palencia; domiciliado en Palencia capital... Total, nada interesante.

Al salir de la Séptima, la expresión de la cara de Cidraque era todo un poema.

—¿Qué te ocurre?

—Ya empezamos con complicaciones —murmuró él por toda respuesta.

—¿Se puede saber de qué hablas?

—Hablo de que Júdez y Moliner se conocían.

—¿Ah, sí?

—Acabo de reconocerle en las fotos. A la hora del paseo solía entrar al calabozo por si Jesús Moliner quería algo de la calle. Le hacía compras, le llevaba la ropa sucia a la lavandería, le recogía el correo...

Las pertenencias de Moliner, el ex compañero de calabozo de Cidraque, aún permanecían en su taquilla de la Unidad de Servicios. Eran muy similares a las de Júdez, a excepción de que esta vez encontramos una verdadera colección de prendas militares. Nuestro amigo, por lo visto, era uno de esos tipos que están siempre a la que salta y no pierden ocasión para hacerse con una camisa de más, o con otros pantalones de faena, o con una gorra de repuesto, aunque no lo necesiten realmente. Aunque con ello fastidien a un compañero. Sólo por eso me cayó mal, pese a estar muerto.

Cidraque echó sobre prendas y objetos lo que entonces califiqué de rápido vistazo. Luego comprendí que, a la velocidad con la que su mente trabajaba, se trataba más bien de un minucioso examen.

Al salir de la Unidad consideré que mi escaqueo rozaba ya los límites de lo permisible, aun para alguien como yo.

—Lo siento, Cidraque, pero tendrás que prescindir de mí el resto de la mañana. El brigada debe de estar a punto de poner el grito en el cielo, así que será mejor que me vaya a la oficina. Si quieres algo, allí estaré.

Cidraque me dio dos palmadas en la espalda.

—Gracias por todo. Voy a ver si pongo en claro mis ideas.

Nos alejamos en direcciones opuestas.

Y MIENTRAS NOSOTROS realizábamos nuestras inocentes indagaciones, el grupo entero estaba a punto de ser trillado de arriba abajo. Aquellas dos muertes eran algo lo bastante inusual como para provocar reacciones desmesuradas.

Por orden expresa del coronel Cabeza, todos los capitanes de compañía procedieron a arengar a sus hombres con edificantes charlas en las que no faltó una buena colección de amenazas. Se ordenaron revistas extraordinarias e inmediatas de las taquillas. Prácticamente se peinó el cuartel por completo en busca de cualquier tipo de sustancia no permitida. Los servicios fueron levantados de arriba abajo. Las cisternas, las cañerías, los desagües, las placas turcas, los espejos..., todo.

Como podía esperarse, la operación de limpieza dio escaso fruto. Algo se encontró, desde luego, pero nada realmente importante. Un poco de *costo* [1], algunas anfetaminas, alguna jeringuilla usada y pare usted de contar. Naturalmente, también se arrestó a media docena de despistados para cubrir el expediente. Así que el registro sirvió, más que nada, para que surgieran de todos los recovecos verdaderas legiones de nuestras amigas cotidianas, las cucarachas africanas, rojizas, descomunales, torpemente voladoras, repugnantes como nada de lo que he encontrado después en mi vida. Aún me pregunto cómo pude acostumbrarme a ellas, a soportar cada noche su presencia, a apartar de un manotazo, sin excesivo asco, a las más osadas, que llegaban incluso a saltar sobre las colchas de las camas inferiores.

Dios mío, qué seres más odiosos...

A LAS DOS Y MEDIA de la tarde de ese martes, se alcanzaron los treinta y ocho grados a la sombra en el observatorio del aeropuerto de Melilla. Lo mencionaron en el telediario. Eso significaba aproximadamente treinta y nueve en el cuartel del Tercio, cuarenta en el nuestro y alguno más en el centro de la ciudad.

Era el momento en que Cidraque y yo, tras devorar el menú que Ahmed nos había reservado para aquel día, cumplíamos con

---

[1] Costo: en argot, hachís.

el rito de prepararnos un café instantáneo casi helado con el agua del magnífico botijo de la oficina. El momento de intentar sonsacarle algo de información sobre el estado de sus investigaciones.

—Lo único que te puedo decir es que, de momento, voy a seguirle el juego al capitán Contreras. Creo que aparentar que trabajo para él será el mejor modo de averiguar cuál es su interés en este asunto. Sin olvidar que, de paso, me veo fuera del calabozo.

—Hasta ahí, de acuerdo. Pero si quieres seguir contando con su confianza tendrás que ofrecerle resultados. Y, seguramente, mañana ya esperará alguna información.

Cidraque saboreó lentamente un trago de su café.

—Imagino que sí —admitió—. Y a eso pienso dedicar la tarde. Trataré de averiguar quién proporcionó a Júdez y Moliner la droga que acabó con ellos.

—¿Tienes alguna pista?

—No gran cosa. Sólo unos retazos de conversación que escuché anoche al acostarme. Veremos adónde me conducen.

—¿De veras crees que puedes averiguar algo importante en una sola tarde?

—Supongo que no —se sinceró Cidraque—, pero al menos he de intentarlo. Lo malo será como no haya nada que averiguar.

—¿A qué te refieres?

—A que las cosas, normalmente, son más sencillas de lo que uno imagina. Posiblemente todo este lío se reduce a que a dos *yonquis* les han endosado mierda en lugar de *nieve.* Algún traficantillo de tres al cuarto andaría algo apurado y decidió que de una dosis podía sacar dos, tres o diez *cortándola* con lo primero que encontró a mano: harina, cemento blanco, Vim Clórex o quién sabe qué. Y ahí termina la historia. Pero si voy a Contreras con sólo eso, me veo otra vez entre rejas. No sé por qué, me da la sensación de que espera algo más espectacular.

Aunque no dije nada, en mi fuero interno también yo lo esperaba. Al escuchar las últimas consideraciones de Cidraque, no había podido evitar una ligera decepción, una suave vocecilla interior que me decía: «¿Y eso es todo?»

No podía imaginar hasta qué punto me equivocaba.

## 3 *Marcha*

Cuando el corneta de guardia tocó *marcha* esa tarde, Cidraque y yo llevábamos ya cinco minutos largos esperando junto a la puerta principal.

Salimos en silencio del grupo y fuimos bajando suave, despacito hacia el centro, intentando pillar la sombra y no sudar en demasía. Ni una nube en el cielo que hiciese concebir esperanzas en la llegada de una tormenta de verano. Al llegar a la plaza Toshiba surgió el dilema de dónde pasar las primeras horas de la tarde, en espera de que descendiese la temperatura y el calor llegase a ser soportable. Y aunque yo sugerí acercarnos al puerto, Cidraque se confesó incapaz de llegar tan lejos y propuso el Metropol. Así que fuimos dejándonos caer en dirección al mar por la avenida del Generalísimo, aún prácticamente vacía.

El Metropol llevaba justa fama de ser el más famoso *night club* de la ciudad, el más perverso y pecaminoso, el más sugerente también.

—¿Nos sentamos en la terraza o vamos dentro? —pregunté al llegar.

—Preferiría «hacer barra», si no te importa —propuso Cidraque.

El interior del local se mecía en una penumbra fresca, acondicionada y tranquila. Cuatro parroquianos acodados en el único mostrador con servicio. Nadie en las mesas, por supuesto.

Siempre era así a aquellas horas en las que debíamos conformarnos con imaginar el otro ambiente, el que se vivía a partir de las dos o dos y media de la madrugada, de todas las madrugadas: el escenario iluminado, focos y reflectores realzando a la cantante de turno, al humorista basto y chabacano, al mago internacional, a la *vedette* de acento francés y a la docena y media de esculturales chicas del «conjunto», ataviadas de pluma rosa y lentejuela mínima.

Era un vano esfuerzo. A las cinco de la tarde ofrecía el Metropol un aspecto tan, tan inocente... A días, coincidíamos con la orquestina, que acudía a ensayar, en mangas de camisa, esa *bossa nova* o ese *fox* bailable que se resistían a surgir con fluidez de los trombones de varas y del saxo tenor. Cerraba yo entonces los ojos, tratando de añadir a aquel sonido la algarabía del más de medio millar de personas que, noche tras noche, abarrotaban el local como en un rito, ebrias de disipación y de lo otro: los retazos de conversación, la caída de ojos de cien mujeres fatales tratando de comunicar su fatalidad a quien quiera que se les pusiese a tiro, el tintineo del hielo en los vasos y el gargarismo pulcro y escocés de las botellas de whisky ocho años vomitando sin descanso y sin recato en el fondo de las copas. Y tanto, tanto más...

Era para morirse: un año en Melilla y sin poder lucir el *smoking*, ni la sonrisa, ni el porte.

Cidraque me soltó el codo en las costillas apenas entramos. Juraría que conozco esa cara —susurró, señalando al *barman* con un gesto de las cejas.

No pude evitar reírme.

—Claro que la conoces. Es el sargento primero Teodoro. El local es de su suegro. De vez en cuando viene a echarle una mano. Él dice que es porque liga mucho pero, para mí, que necesita sacarse un sobresueldo.

El sargento primero Teodoro era un chusquero cetrino, escaso de estudios, campechano y bigotudo, vivo retrato de Pancho Villa. Apenas nos vio entrar, levantó la mano en un gesto de afable saludo.

—A la orden, mi sargento primero —saludé.

—Menos guasa, cabos. ¿Qué vais ustedes a tomar?

Cidraque pidió cerveza y yo mi habitual granizado de café.

—¿Café? —bramó ofendido el suboficial—. Eso es veneno para el cuerpo. En especial, para el aparato excretor y reproductor viril, cabo. Mi conciencia me impide servirte semejante porquería. O sea, que no me lo permite.

—Vaya... ¿Y qué me sugiere, mi sargento primero?

—Ron —manifestó Teodoro con rotundidad.

—Con... coca-cola, supongo.

—¿Cubata? ¿Cubata, cabo? ¡Ni soñarlo! Eso es una bebida comunista y capitalista americana o también estadounidense. Si yo digo ron, es ron, carajo. Ron a palo seco. En todo caso, *onderrocs*, que significa con hielos.

—Verá, es que a mí el ron...

—Te lo dejaré al precio de la porquería esa de café.

Once meses de mili te adiestran sobre cuándo es el momento de llevarle la corriente a un superior.

—En ese caso, a la orden de usted, mi sargento primero —concedí.

Mientras Teodoro iba a por las bebidas, Cidraque, acodado de espaldas en la barra, echó una larga y escrutadora mirada al amplísimo local. Y luego, a la espectacular terraza exterior que, a través de unas cristaleras, podía verse desde allí casi en su totalidad. Porque, si la sala de fiestas del Metropol se ponía de bote en bote cada madrugada, durante el día le tomaba el relevo la terraza abierta a la plaza de España. Era, sin duda, la más concurrida de toda Melilla. La de mayor raigambre. El lugar permanentemente de moda.

En torno a los blancos veladores de símil-mármol se firmaban negocios millonarios, se pedía limosna, se abrillantaban zapatos, se ligaba con descaro... Y todo ello constantemente, como con cierta prisa. En Melilla, hasta el acto de respirar se lleva a cabo con la incómoda sensación de que va a faltar tiempo.

También se hacía algo más en la terraza del Metropol, si había que hacer caso a los rumores: se compraba y se vendía droga. Cidraque, claro, lo sabía. Caí entonces en la cuenta de que no estábamos allí por casualidad, de que Cidraque, como quien no quiere la cosa, me había llevado con toda intención.

Al cabo de un rato llegó Teodoro con las consumiciones, que incluían una gran jarra de cerveza para él, y bebió con nosotros.

Cuando apenas habíamos bebido dos tragos, a través de las cristaleras señaló a un par de chicas, realmente preciosas, que ocupaban un velador cercano y nos animó a intentar el ligue con un argumento incontestable:

—No podéis fallar —aseguró—. Son holandesas, acaban de llegar a Melilla y no han visto un regular en su vida. Puede que, incluso, nunca.

—Ya, pero...

—¡Nada! El uniforme de los Regulares las vuelve locas; incluso, yo diría, las enloquece. Ni comparación con el de los pistolos [1], dónde va a parar. La faja roja —prosiguió, bajando el tono con aire confidencial— las pone a cien.

—No me diga.

—Cierto y verídico. Es por los flecos. Son un claro símbolo onírico sexual. O, por mejor decir, una simbología. Lo leí una vez.

—Ah, caramba...

Durante diez o quince minutos le dejamos *largar* a gusto. Nos habló de sus años jóvenes, cuando no había chica en el planeta que se le resistiese. Pasó luego a contarnos un par de chistes verdes que nosotros celebramos exageradamente y terminamos hablando de lo mal que estaba la vida, lamentándonos con él de que, de no mediar una guerra, se jubilaría de subteniente en el año dos mil cinco.

Media hora y tres jarras de cerveza más tarde, Cidraque, sin previo aviso, se lanzó a la carga.

—Un sitio estupendo éste, mi sargento primero. Me da en la nariz que es aquí donde uno puede encontrar cualquier cosa que desee de Melilla.

—Cierto y verídico. Verdadero, más bien —reconoció el militar con indisimulado orgullo—. No es porque el negocio sea de mi suegro, lo cual quiere decir que es casi como si fuera mío, pero no hay sitio en Melilla como el Metropol. Yo diría, incluso, que no lo hay. De día desde esa terraza y de noche desde este salón, se gobierna la ciudad. ¡Qué digo! ¡El Rif entero! Como muy bien ustedes habéis dicho, cualquier cosa se puede lograr o conseguir. Aún diría yo más: lo que sea menester. Basta con sentarse en la mesa adecuada en el momento adecuado. ¿Qué es lo que necesitas? ¿Un camión de langostinos? ¿Un pasaporte falso? ¿Una tonelada de *costo*? Ustedes me lo decís y yo os lo consigo. Lo que sea. Incluso cualquier cosa.

---

[1] Pistolo: en argot, soldado. Legionarios y Regulares lo usan para referirse despectivamente al resto de los regimientos, de tropas no africanas.

—Hombre, se agradece, mi sargento primero.

—No hay de qué. Eso sí: la pasta por delante. Ustedes me comprendéis.

Y mientras Teodoro le daba un tiento impresionante a su cuarta jarra de Cruzcampo, Cidraque echó un rápido vistazo a derecha e izquierda.

—Y... *¿caballo?* —musitó entonces.

El suboficial dejó de beber y se incorporó nerviosamente, atusándose el mostacho. Durante unos instantes no supo reaccionar. Se revolvió inquieto y el brillo de sus ojos se apagó de inmediato. Antes de acercarse de nuevo a nosotros, miró también a su alrededor.

—¿Heroína? —dijo, bajando el tono—. ¿Estás loco, cabo? ¿Después de lo que ha ocurrido en el grupo este fin de semana? Olvidaos ustedes de eso. Hasta dentro de una temporada, te juegas la cabeza sólo por hablar de ello. Incluso, por mencionarlo.

Cidraque sonrió y bebió un trago de su cerveza.

—De acuerdo. Olvidémoslo.

—Mejor así.

—Dígame sólo una cosa, mi sargento primero: ¿cree usted que volverá a ocurrir?

—¿El qué?

—Digo, si piensa que morirá alguien más.

La pregunta dejó al suboficial aparentemente confundido.

—¿Cómo queréis ustedes que yo lo sepa?

—Sólo quiero su opinión.

Teodoro rehuyó la mirada de Cidraque, pero no el contestar a su pregunta.

—Ahora que lo dices... Uno piensa en estas cosas y saca sus conclusiones. O, también, sus consecuencias, incluso. Y digo yo que si se tratase de una partida grande de *nieve* adulterada, ya tendría que haber habido algún otro caso.

—¿Y no lo ha habido? —pregunté—. ¿Ni uno solo en toda la ciudad?

El suboficial negó con la cabeza, mientras servía la quinta ronda. Bebió la mitad de su jarra de un solo trago.

—Se habría sabido.

Nuevas miradas de Teodoro en torno nuestro antes de proseguir.

—¿Ustedes queréis saber mi opinión? ¿Eh? ¿Queréis saberla? —bajó aún más el tono—. Aquí está pasando algo muy raro. Incluso, muy extraño. Que esto no salga de entre nosotros, pero... Yo diría que a esos dos los han pasaportado. Que se los han quitado de en medio, vaya.

—¿Quién? ¿Y por qué? —preguntó Cidraque.

Pero el suboficial levantó las manos, como dando a entender que ya había ido demasiado lejos.

Al salir del Metropol, Cidraque parecía ensimismado. De pronto pareció tomar una decisión.

—Muy interesante y muchas medias palabras, pero esto no tira para adelante y yo necesito algo que contarle mañana a Contreras, así que... me voy a La Cañada, a ver si allí encuentro alguna pista. ¿Quieres venir?

—¿Quéee? —exclamé horrorizado—. ¿La Cañada, dices? ¿La Cañada de la Muerte? ¿Es que te has vuelto loco? No saldrás vivo de allí. Ni la Legión se atreve a entrar.

Mis temores recibieron como respuesta una de sus enigmáticas sonrisas.

—Tranquilo. Sé lo que me hago.

Me dio una palmada en el hombro y se alejó avenida arriba.

El ron negro que Teodoro se había empeñado en servirme comenzaba a hacer su efecto, por lo que sentí la imperiosa necesidad de suministrarme un antídoto en forma de café bien cargado.

Me encaminé primero hacia el Gran Kiosko del Rif y, tras hacerme con un ejemplar de *Melilla hoy*, el periódico más breve de España, crucé la avenida hacia la terraza del Rey Heredia, el mejor restaurante de la ciudad, propiedad de un cordobés que, curiosamente, no se llamaba Heredia, sino Montemar.

Allí, mi deseo sí se vio atendido con ejemplar celeridad y, una vez que la cafeína circuló por mis venas, me sentí revivir. Pronto mi cerebro funcionó de nuevo con la suficiente eficacia como para decidirme a leer el periódico de arriba abajo y pasar, al mismo tiempo, escrupulosa revista a cuanto variopinto personal osase circular por las cercanías.

Durante el verano, la ciudad se animaba en ese aspecto que era un gusto. Abundaban los grupos de turistas de todas las edades, que recalaban allí camino de otros destinos aún más exóticos, si cabe. Incluso los había que venían ex profeso a Melilla a jugar en los casinos —por aquel entonces prohibidos todavía en el resto de España—, dispuestos a derrochar los ahorros de todo un año en quince días desenfrenados y excitantes.

Tampoco faltaba quien ejercía un turismo más convencional, de playa, pesca, excursión al desierto, visita diurna a la ciudad vieja y visita nocturna al cabaret inocente con *strip-tease* escaso y botellita de champán por pareja.

Ni el zoquete norteamericano de ciento diez kilos de peso, sandalias, calcetines y camisa hawaiana, dispuesto a dar diez dólares por fotografiarse —Gurugú al fondo, *of course*— junto a uno de aquellos pintorescos soldados, ni buenos, ni malos, de faja roja a la cintura, como baturros de uniforme.

Ni familias enteras de la más variada condición que, con la excusa de hacer una visita al chico, que está cumpliendo el servicio en Melilla, encontraban la ocasión de conocer aquel último, íntimo y desvergonzado rincón de España al que nunca se hubiesen atrevido a ir sin una buena excusa.

Y justo cuando más entretenido me encontraba, a punto de completar el crucigrama y de dar el último trago a mi café, un morito, aparentemente salido de ninguna parte, se agacha junto a mí con su caja de limpiabotas.

—Llevas botas sucias, muy sucias, cabo —masculla por lo bajo.

El muchacho me mira casi desde el suelo con sus ojos enormes. Me guiña un ojo y le reconozco al instante.

—¡Hombre, Hassán!

—Hola —saluda el chaval exhibiendo una amplia sonrisa.

—¿Cómo te encuentras?

—Bien. ¿Por qué mal? —replica, alzando los hombros.

—Digo si ya te has recuperado del sopapo que te atizó el taxista.

—¡Ah, bueno...! Eso nada. Hassán ya bien. Oye... Gracias por salvar ayer a Hassán de policía. Contado yo familia Hassán, amigos Hassán, conocidos Hassán. Tú, héroe para todos.

—¡Qué dices! Si no tuvo importancia, hombre. Además, todo fue cosa de la señora.

—¡Ah, sí...! Guapa muy guapa la señora —me dice, sonriendo con picardía, mostrando los dientes blanquísimos.

No puedo evitar un gesto de complicidad.

—Sí, Hassán. Muy guapa, ya lo creo... Oye, siéntate y toma lo que quieras. Yo invito.

Hassán me mira y se barrena la sien con el índice izquierdo. No se ha incorporado en todo el rato. A quien no se fije con mucha atención, le parecerá que me abrillanta las botas.

—¿Estás loco? —susurra—. ¿Estás loco, cabo? Aquí no sirven a gente como Hassán. Héroe tonto, tú. Demasiado bueno con Hassán. Puedes encontrar lío. Problema. Lío. ¿Comprendes tú?

Claro que comprendo. Comprendo que allí, posiblemente, nadie habría hecho por Hassán lo que yo hice ayer por la tarde de modo espontáneo. Que quizá una mayoría está de parte del energúmeno disfrazado de taxista y se habría comportado del mismo modo que él.

—De acuerdo. En ese caso, toma veinte duros y te los gastas donde tú quieras.

—Gracias. Pero limpio botas a cambio.

—Que no, que las llevo limpias y lo único que harás será mancharme los bajos de los pantalones.

—Vale, cabo. No gritos a mí. Cabo y Hassán amigos. ¿Sí?

—Sí. Sí, Hassán, sí. Amigos.

—De acuerdo. Pero botas iban a quedar «perita».

Hassán recoge sus cosas en la caja de madera y, cuando parece que va a seguir su camino, se me acerca de nuevo.

—Ayer me hiciste un favor y Hassán nunca olvida favor amigo. Si cabo amigo de Hassán necesita algo, decir Hassán. ¿Vale?

Supuse al instante a qué tipo de ayuda se refería.

—Quieres decir que si necesito *costo* tú me lo puedes conseguir, ¿no es eso?

Volvió a sonreír, ladeando ahora la cabeza con desaprobación.

—¿*Costo*? *Costo* no, bah, bah. ¿No entiendes? *Costo* muy sencillo. Cosa difícil para amigo de Hassán. Recuerda: Hassán sabe todo. Hassán conoce todos en Melilla.

—Vamos, no presumas...

—Hassán no presume. Habla verdad siempre con amigos.

Permaneció completamente serio unos instantes, como para dar a entender que su afirmación no era gratuita. Pero pronto volvió a sonreír, como tenía por costumbre, mostrando toda la dentadura. Me señaló un momento con el índice y continuó su camino avenida adelante. Tras alejarse unos pasos, me lanzó una última mirada. Tenía que haber sido un vistazo fugaz y, sin embargo, quedamos atrapados cada uno en la mirada del otro. Hassán volvió sobre sus pasos y, cuando estuvo junto a mí, me habló en un susurro:

—Tú quieres preguntar algo a Hassán, ¿verdad?

Sentí un ligero escalofrío ante tanta perspicacia. Miré en derredor nuestro. Me pareció que nadie nos prestaba la menor atención.

—Sí, Hassán. Me gustaría saber si tú..., si tú podrías proporcionarme cierta información. O quizá decirme dónde puedo conseguirla. No es para mí, es para un amigo mío que está en un apuro...

Hassán volvió a sonreír.

—Cuenta con ello. Los amigos de cabo amigo de Hassán son amigos de Hassán.

## 4 *Retreta y parte*

Estuve intranquilo hasta que vi regresar a Cidraque sano y salvo. Llegó tarde a retreta, cuando ya el resto de la compañía nos hallábamos en formación y, tras ocupar su sitio, permaneció como ensimismado hasta que ordenaron romper filas.

Cuando el sargento primero Monedero salió de la compañía para entregar el parte en el cuerpo de guardia, Cidraque entró en la oficina con su peor expresión.

—¿Qué te ocurre? —pregunté algo alarmado—. ¿Has estado por fin en La Cañada? ¿Ha ocurrido algo malo?

—Nada grave. Sí, he ido. Nada en absoluto —contestó.

Se había sentado en la silla del brigada y se restregaba los ojos como si acabase de despertar de un mal sueño.

—Así que no ha pasado nada.

—No.

—¿Y por eso estás así?

—¿Así? ¿Cómo?

—Como si acabases de presenciar una autopsia.

Cidraque sonrió con desgana y asintió con la cabeza.

—De acuerdo. Tienes razón. Quizá no debiera haber ido allí. He visto cosas que me han revuelto el estómago, te lo juro; que de haberlas visto por televisión, habría pensado: «No es verdad. Eso son cosas que pasan en el Tercer Mundo, no en mi país». Y, sin embargo, están aquí mismo, a quince minutos de esta oficina.

> Algunos trasnochados folletos turísticos continúan calificando La Cañada de la Muerte como «barriada típica y exótica». Habría que denunciar a los autores.
>
> La Cañada es el resentimiento, la miseria, el desarraigo y el odio. Son niños correteando desnudos. Y muchachos con la obligación de buscarse a diario el sustento a cualquier precio. Y jóvenes que sueñan con una Melilla marroquí, libre del yugo español. Son hombres prematuramente envejecidos, consumidos por una vida carente de esperanza.
>
> La Cañada de la Muerte es una mujer siempre callada, de tez oscura, ojos oscuros y oscuros pensamientos. De rostro permanentemente oculto al mundo.

Aún debe de haber quien piense que todos los seres humanos somos iguales; que moros y cristianos somos iguales; que hombres y mujeres somos iguales; que pobres y ricos, tropa y oficiales somos iguales.

Esa tarde, Álvaro Cidraque parecía haber descubierto algo que yo ya sabía, al menos desde el día anterior: que si los hombres, efectivamente, fuimos iguales alguna vez, ahora, a fuerza de siglos de civilización, hemos logrado no ser ni aun parecidos.

## *5 Silencio*

> Melilla es una ciudad silenciosa, a pesar de todo. Sin ese pálpito rumoroso tan característico de las grandes urbes. En las noches de Melilla el desenfreno se vive bajo techo: en los casinos, en los *nigth clubs*, en las salas de fiesta y en los restaurantes. Pero en la calle resulta más fácil escuchar el canto de un grillo que el rugido de un camión. Y si uno se mantiene lo bastante atento, es posible distinguir, incluso a cientos de metros de la orilla, el chapoteo infantil del Mediterráneo sobre la playa.

Desafiando el toque de silencio y las rondas de la patrulla, Cidraque, Adolfo y yo bajamos al patio sur a disfrutar de la noche, en uno de esos cotidianos gestos de rebeldía que nos sabían a gloria bendita.

El calor ya no era tan intenso, aunque el suelo y los muros vomitaban aún el fuego devorado durante todo el día. La luna africana brillaba sin obstáculos en el cielo negrísimo. No sé por qué razón resultaba infinitamente más bella que nuestra querida luna europea, aun siendo la misma. Quizá el estar allí, encerrados a solas con nuestros galones, nos hacía ver la belleza de las cosas más comunes; una belleza que pasa desapercibida cuando nadie te ordena lo que debes pensar.

Nos sentamos los tres en los bancos de piedra de la explanada, al costado de la residencia de oficiales, y allí permanecimos un buen rato, en completo silencio, respirando el aire ligeramente salado.

Fue Adolfo el primero en volver a hablar.

—Pero, a todo esto... ¿qué fuiste a hacer a La Cañada?

Cidraque se encogió de hombros.

—En realidad, a dar un palo de ciego. Hice correr la voz de que disponía de una buena cantidad de heroína sintética de gran pureza, recién llegada de Amsterdam.

—¡Virgen Santa...! —exclamé, sin poderlo evitar—. ¿Has sido capaz de meterte en la boca del lobo esgrimiendo semejante embuste? Eres un loco peligroso, Cidraque.

—¿Qué dices? Tuve la situación bajo control en todo momento. Pronto me llevaron ante un par de tipos que parecían sobrinos de Abd-el-Krim; escucharon mi cuento con amable interés, me ofrecieron té con menta y me despidieron con palmaditas en la espalda. Dijeron que volviese cuando estuviera en disposición de entregarles la mercancía, que me pondrían en contacto con alguien que podía estar interesado.

—O sea, que no conseguiste ninguna información valiosa.

—No soltaron prenda los malditos. De modo que a ver qué le cuento yo mañana a Contreras.

Un nuevo silencio nos acogió. Era mi oportunidad.

—Por cierto, Adolfo, ¿a que no sabes de qué me he enterado mientras Cidraque se jugaba el pellejo en La Cañada para nada?

—A ver...

—Fuentes dignas de todo crédito me han asegurado que el centro de distribución de heroína en la ciudad es una lavandería de la avenida Farkhana.

Tanto Cidraque como Adolfo me miraron vidriosamente.

—¿De dónde has sacado semejante cosa?

—La información me la proporcionó el dueño de un bazar del Mantelete. El Bazar Aladino.

—Creo que sé cuál es. Un tipo asqueroso capaz de engañar a su padre por vender unos prismáticos. No me parece que sea una fuente digna de todo crédito, pero si tú lo dices...

—¿Cómo llegaste hasta él? ¿Ya le conocías de antes? —preguntó Adolfo.

—No, no. Me lo presentó mi amigo Hassán.

—¿El rey Hassán?

—No, hombre...

—Ah, ya... Te refieres al chavalín ese al que libraste ayer de dormir en comisaría.

—Sí, justo.

Mis dos compañeros se miraron entre sí y torcieron el morro, en un gesto de total desconfianza que me molestó íntimamente. Estaba ya a punto de sugerirles que lo olvidaran todo cuando Cidraque dio un respingo y me miró de hito en hito.

—¿Una lavandería has dicho? —preguntó, sorprendido.

—Eso es.

—Qué curioso... —murmuró.

—¿El qué?

—De ser cierto, explicaría algunas cosas...

Adolfo y yo nos miramos.

—¿Qué cosas? —preguntó el furriel.

—Por ejemplo, cómo introducía Jesús Moliner la heroína en el calabozo sin que la descubriesen en los registros. Fue algo que siempre me intrigó. Y por qué él y Júdez tenían tanta ropa de más.

—Un momento, un momento —interrumpí—. Si no recuerdo mal, Moliner sí tenía ropa de más, pero Júdez no... —en ese momento caí en la cuenta—. ¡Calla, tienes razón! Júdez tenía su ropa y, además, varios resguardos de lavandería.

—Y si no recuerdo mal, eran precisamente de una lavandería de la avenida Farkhana: ¿la... Lavandería Moderna puede ser? —preguntó, tras hacer memoria.

—¡Justo, sí señor! ¡Ésa es! —exclamé.

Cidraque sonrió tristemente.

—De modo que ése es el sistema... Se manda ropa a limpiar y cuando la devuelven te colocan la heroína en el forro o en el dobladillo de los pantalones. Imposible de descubrir en los cacheos de la guardia. Es perfecto.

—Y encaja como un guante con la información que me han dado.

—Así es. Demasiado para tratarse de una simple casualidad.

Cidraque lanzó un largo suspiro de alivio.

—Al menos, ya tengo algo que contarle mañana a Contreras.

—A eso lo llamaría yo obtener resultados rápidos. Se va a quedar de piedra —comentó Adolfo.

Cidraque sonrió de un modo enigmático antes de apostillar:

—Incluso, es posible que se sorprenda más de lo que nosotros mismos pensamos.

## 6 *Generala*

Eran las doce y veinte y empezaba, por fin, a refrescar decididamente cuando emprendimos, muy despacito, el regreso a la compañía. La luna continuaba mirándonos desde lo alto, mientras su cara de gorda feliz palidecía más y más conforme avanzaba la noche.

Ascendíamos por las escaleras que desembocaban en la calle superior, donde se alineaban, blancas como cortijos, las compañías del II Tabor cuando, de improviso, sonaron a lo lejos, con total nitidez, dos disparos separados por un par de segundos de intervalo.

Nos quedamos petrificados. Antes de que pudiésemos reaccionar, escuchamos una nueva detonación, cuyo sonido en nada se asemejó a los anteriores.

—¡Son tiros! —dijo entonces Adolfo, con su habitual perspicacia.

Sobre su exclamación se escuchó un cuarto disparo y, casi al mismo tiempo, Cidraque salió corriendo en busca, sin duda, del origen del tiroteo. Adolfo y yo nos miramos un instante. No hizo falta que cruzáramos una sola palabra para salir tras él.

—¡Cidraque! —le grité, bajito, en plena carrera—. ¿Adónde vas? ¡Detente, maldita sea!

Le atrapamos en el callejón posterior del II Tabor, justo antes de llegar a la explanada norte. Nos lanzamos sobre él, le derribamos y le arrastramos contra su voluntad a un rincón no iluminado por las farolas. Entre jadeos, tratamos de hacerle entrar en razón.

—¿Dónde crees que vas? ¡Te has vuelto loco?

—Tengo que saber qué ha ocurrido —nos explicó, excitadísimo—. Estoy seguro de que se trata de algo importante.

—No seas burro —le aconsejó Adolfo—. Han sonado muy cerca del cuerpo de guardia de arriba. No puedes presentarte allí y decir que te pica la curiosidad. Hace hora y media que han tocado silencio.

Escuchamos pasos apresurados que, afortunadamente, se dirigían hacia el patio norte por el callejón paralelo.

—Volvamos a la compañía. Puede ser el mejor sitio para enterarse de lo ocurrido.

—Adolfo tiene razón —le apoyé.

Al fin, Cidraque accedió a regañadientes.

Cuando llegamos a la compañía, doscientos murmullos la inundaban. El sargento primero Monedero ya se había levantado. Ofrecía un lamentable aspecto, a medio vestir, con el pelo revuelto y los ojos como alcachofas.

—¿Se puede saber de dónde demonios venís vosotros?

—Pues... estábamos aún aquí, en la oficina, y al oír los disparos hemos salido a ver si nos enterábamos de algo —mentí.

—¿Y qué?

—No se ve nada, mi sargento primero. Los tiros, al parecer, han sonado en el patio norte o en el mismo cuerpo de guardia; quizá en la barrera, no sé...

—Llama a centralita, a ver si saben algo.

Me dirigí al vetusto teléfono, giré varias veces con violencia la manivela y esperé contestación.

—Han sido cuatro disparos, mi sargento primero —le informó Cidraque mientras tanto—. Los dos primeros, casi seguidos, de cetme; los otros dos, no. Podrían ser de pistola o revólver.

A través de la ventana vimos que se encendía la luz de la oficina de la Séptima Compañía.

—Voy a hablar con el sargento Conesa —dijo Monedero, saliendo a toda prisa.

El caos había empezado.

Los suboficiales de semana de todas las compañías corrían de una a otra tratando de contrastar información. Algo me impedía comunicar con la central telefónica.

—¿Quién está de telefonista de servicio?

—El gordo Bes —me informó Adolfo.

—¡Vaya elemento...!

Sonó entonces el timbre de nuestro aparato. Tragué saliva y descolgué el auricular.

—Plana del Segundo... ¡Hombre, Bes! ¿Qué estabas haciendo? Llevo cinco minutos intentando... Ah, que estabas tratando de llamar aquí... Qué casualidad. ¿Y para qué demonios...? ¡Ah...! ¡Huuuy! Corre, corre, pásamelo...

—¡Qué ocurre? —preguntó Cidraque, que estaba sobre ascuas.

—Nos llama el teniente de guardia. ¡Avisa a Monedero!

—¡Diooos...! —gimió Adolfo saliendo a escape.

Al cabo de un par de segundos se estableció la comunicación.

—A la orden, mi teniente, que le voy a buscar... ¿Cómo? ¡Ah, comprendo!... ¿Quién?... Sí. Sí, mi teniente, es de nuestra compañía... A la orden, mi teniente; enseguida subimos.

El teniente quería que el suboficial de semana y el oficinista de la compañía nos personásemos en el cuerpo de guardia norte de inmediato. Y teníamos que llevar la ficha personal del soldado Joaquín Villalba.

—¿Puedo acompañarles, mi sargento primero? —preguntó Cidraque.

—Me temo que no. El teniente ha dicho que sólo el oficinista y yo. ¿No es eso?

—Así es —confirmé.

—Podría hacerme pasar por el oficinista —insistió Cidraque—. El teniente Mora es del Primer Tabor y no nos conoce.

El suboficial le miró con atención. Monedero era una persona despierta e intuitiva. Por ello comprendió al instante, y sin necesidad de explicaciones, que el interés de Cidraque debía de tener alguna justificación más allá de la simple curiosidad.

—De acuerdo, Cidraque. Vamos.

Cuando salieron, me dejé caer en la silla del brigada. El corazón aún me latía con fuerza, sudaba copiosamente, me temblaban ligeramente las manos y las rodillas y la cabeza me daba vueltas. Tenía miedo.

Al otro lado de la mesa, tampoco Adolfo parecía hallarse en

su mejor momento, con la boca entreabierta en un rictus, mezcla de estupor y preocupación.

—Se trata de Villalba... —musitó.

—Sí. Eso ha dicho el teniente.

—¿Estás pensando lo mismo que yo?

—Pues...

—Tú estabas aquí anoche. ¿Lo recuerdas? Villalba no quería hacer la guardia de hoy a ningún precio. Yo me negué a cambiársela. Y si ahora han pedido su ficha... no será por nada bueno.

Durante unos segundos permanecimos en silencio.

—Vamos, vamos... Estás imaginando una catarata de acontecimientos. No tenemos ni idea de lo que ha ocurrido. Ya verás cómo, sea lo que sea, no tiene nada que ver con el incidente de ayer.

—Espero que tengas razón. No me lo perdonaría nunca.

—La tengo, ya verás.

Un vez más, me equivocaba. Veinte minutos más tarde, Cidraque y Monedero regresaron, pálidos como la cera. El capitán Sebastián Gayarre, en funciones de capitán de cuartel, acababa de matar a tiros al soldado Joaquín Villalba, que se encontraba de centinela en la garita del polvorín.

Aparentemente, en defensa propia.

# *Miércoles de Ceniza*

## *1 Miedo cerval*

**A** la mañana siguiente —en realidad, tan sólo un rato después de la muerte de Villalba— tocaron diana como todos los días. A la misma hora de siempre. Como si nada hubiese ocurrido.

También el capitán Contreras llegó a la compañía a la hora de costumbre, aunque, eso sí, con una cara más larga de lo habitual.

Inmediatamente hizo llamar a su despacho a Cidraque, quien acudió a la cita confiado en la importancia de la información que sobre la Lavandería Moderna había conseguido yo el día anterior para él. Pero, antes aún de haber podido abrir la boca, Contreras le comunicó sin rodeo alguno que su misión de espionaje quedaba cancelada.

—¿Puedo preguntar por qué, mi capitán? —inquirió Cidraque, sin ocultar su decepción.

—No —respondió secamente Contreras—. Simplemente, olvida lo que hablamos ayer. Abandona tus investigaciones, de las que, por cierto, no quiero saber nada, y dedícate a cumplir con tus obligaciones. Por supuesto, mantengo las condiciones de nuestro acuerdo relativas a tu puesta en libertad, de modo que felicítate de tu suerte y no te preocupes de más. ¿Está claro?

—Sí, mi capitán.

Cuando salió del despacho, la cara de Cidraque revelaba sorpresa, claro. Pero también temor. Un temor desmesurado y, para mí, incomprensible. Por supuesto, habría deseado conocer el motivo de tanta turbación, pero él abandonó con tantas prisas la compañía que ni tiempo tuve de abordarle.

No volví a verle hasta después del toque de fajina.

Apareció en el comedor tarde, mediado ya el primer plato. Me saludó con un movimiento de cejas y se sentó en la misma mesa que yo, aunque en el extremo opuesto. Durante toda la comida se mostró ensimismado y nervioso. No llegó a despegar los labios sino para devorar el menú del día y salió del comedor antes que nadie, sin siquiera esperar el postre.

Minutos más tarde, cuando entré en la oficina dispuesto a prepararme mi cotidiano café frío de la sobremesa, le encontré allí, sentado en mi silla y mesándose los cabellos.

—Estaba abierto —dijo, sin que le pidiera explicación alguna—. Supongo que te olvidaste de cerrar.

Estaba seguro de haber echado la llave al salir, pero no quise señalar ese detalle, lo mismo que tampoco pensaba apremiarle para que me explicase dónde había pasado la mañana o qué era lo que le rondaba por la cabeza durante todo el día y que tan preocupado parecía tenerle. Supuse que, tarde o temprano, acabaría por decírmelo. Así que, sin pronunciar palabra, abrí el último cajón de mi mesa, saqué el vaso, lo llené con agua del botijo, eché una cucharadita de nescafé y dos de azúcar y empecé a remover el brebaje lentamente.

—Estoy asustado —mascullό de repente.

Viniendo de él, semejante confesión me dejó perplejo. Sorbí lentamente el café, aparentando una indiferencia que estaba muy lejos de sentir.

Tras una larga pausa, Cidraque empezó a hablar suavemente, como para sí.

—¿Sabes? Todo este asunto se ha vuelto condenadamente complicado. Tres muertes violentas en menos de dos días es más de lo que nunca hubiera esperado encontrar aquí, lo reconozco. Y lo peor es que no tengo idea de cuándo ni dónde puede terminar esto. Quizá todos estemos en peligro.

Lo que son las cosas: ahora los temores de Cidraque se me antojaron desmesurados.

—¿No crees que exageras? Desgraciadamente, en el ejército

se producen accidentes mortales con relativa frecuencia y por las causas más variadas. Que hayamos tenido tres casi simultáneos quizá no sea frecuente. Pero las estadísticas del Ministerio de Defensa ni se inmutarán.

—¡Te equivocas! —saltó entonces Cidraque, inesperadamente—. Te equivocas de medio a medio. No estamos hablando de accidentes, ni de suicidios. Estamos ante muertes violentas. Ante... —me miró, tenso— asesinatos.

Tuve que hacer un esfuerzo para que mi vaso no cayera al suelo.

—¿Asesinatos? —silabeé—. ¿Quieres decir... asesinatos? Pero... Vamos ver... Debo de estar tonto, porque... ¿Asesinatos, dices? ¿De qué estás hablando, si puede saberse?

Se acercó a mí y me habló bajo, pero con vehemencia.

—Sobre las muertes de Júdez y Moliner aún no he terminado de atar cabos. Pero el capitán Gayarre mató ayer por la noche a Villalba a sangre fría. De eso estoy convencido.

Sentí que el café se volvía inusitadamente amargo. Conociendo a Cidraque, había que dar por segura semejante afirmación. Adopté, sin embargo, una actitud escéptica, a fin de tirarle de la lengua.

—Bobadas —dije—. Gayarre actuó en defensa propia, no hay duda sobre eso. Fue Villalba quien disparó en primer lugar. Todos oímos claramente que los dos primeros tiros fueron los de su cetme.

Cidraque miraba ahora por la ventana.

—Bah, bah, bah... Ése es un detalle puramente accesorio —afirmó de mal talante.

—No me digas...

—¡Ojo! Yo no he dicho que el capitán Gayarre sea tonto —dijo, tras volverse hacia mí—. Sin duda, tramó su crimen con mucha habilidad. Pero cometió un pequeño error y su magnífico plan quedó en evidencia: no contó con que Villalba nos anunciase su muerte.

—¿Eso hizo? —pregunté atónito.

—Por supuesto que sí. Si he de hacer caso de lo que tú y Adolfo me contasteis, Villalba estaba aterrorizado ante la idea de coincidir con Gayarre en la guardia. Parecía dispuesto a cualquier cosa con tal de no hacer ese servicio. Y su miedo resultó plenamente justificado. ¡Eso es lo importante! Desde el momento que sabemos eso, sabemos también que el hecho de que Gayarre disparase sobre Villalba ya no fue casual. Todo lo demás: las circunstancias, las apariencias, la versión de Gayarre, ¡todo!, carece de importancia.

—Una teoría muy interesante la tuya. Pero no tienes ni una prueba de lo que dices, ¿no es así?

—Efectivamente, así es —reconoció Cidraque—. Aunque quizá sea posible conseguirlas.

—No veo cómo. Si realmente tienes razón, no creo que nadie, salvo tú, ponga en duda, a la vista de las circunstancias, que Gayarre actuó en defensa propia.

Cidraque gesticuló como un orangután furioso.

—Circunstancias, circunstancias... No sabéis hablar de otra cosa. La gente debería aprender a fiarse más de su buen juicio que de las circunstancias. ¡Las circunstancias no son nada!

—Si tú lo dices...

—¿Qué ocurriría si mañana el capitán Gayarre matase a otro centinela, exactamente en las mismas circunstancias? ¿Cuántos seguirían creyendo en su inocencia?

Cidraque era un maestro en eso de plantear razonamientos inútiles.

—Seguramente nadie, es cierto —admití—. Pero tú sabes que no va a darse el caso.

Resopló como un búfalo antes de contestarme.

—No, claro. Sería una torpeza impensable en alguien que se ha mostrado tan hábil hasta ahora.

—Con lo cual yo diría que te quedas con las manos vacías.

Ahora Cidraque dejó que su mirada se perdiera en el espacio enmarcado por la ventana.

—¿Y si hubiera una relación entre las muertes de Villalba, de Júdez y de Moliner?

No tenía respuesta para eso. Ni pretendía tenerla, tampoco. En realidad, me asustaba el simple hecho de pensar en ello.

—Vamos, dilo. ¿Existe o no esa relación?

—Naturalmente que existe. La relación es el capitán Contreras.

Al principio creía no haberle entendido bien.

—Quieres decir... el capitán Gayarre.

—¡No, no, no! Quiero decir lo que he dicho. Contreras. El capitán Arnaldo Contreras. Nuestro capitán.

—Pues no consigo...

—Fíjate: cuando mueren Júdez y Moliner, Contreras se toma la molestia de sacarme del calabozo para que realice, por su cuenta, unas extrañas investigaciones. Ese inexplicable interés le liga de un modo u otro con nuestras dos primeras defunciones. ¿De acuerdo?

—Mmmm... Bien, de acuerdo. Es muy leve, pero es una relación, qué duda cabe.

—Sin embargo, esta mañana, antes de haberle dado siquiera el primer informe, decide anular el encarguito. La pregunta inmediata es: ¿por qué?

—Eso. ¿Por qué?

—Venga, hombre, discurre un poco. ¿Qué acontecimiento de los ocurridos entre la noche de ayer y la mañana de hoy ha podido obligar a Contreras a cambiar de opinión y relevarme de mi extraña misión?

Ante mi silencio, Cidraque resopló con fastidio.

—Pues sí, chico; a veces pareces tonto. ¡El único acontecimiento importante de las últimas horas! ¡La muerte de Villalba, por supuesto! Ahí tienes la relación que buscábamos: Contreras es el elemento de unión. Está clarísimo.

Apuré de un trago el resto del café, ya frío y asqueroso. Cidraque, de nuevo, había cambiado de humor. Ahora lucía la expresión de quien se encuentra en estado de gracia. Sólo le faltaba echar a correr gritando *eureka*. Yo, por el contrario, estaba absolutamente decepcionado. Y así se lo hice saber.

—Perdona que te diga pero, sinceramente, esperaba algo... no sé, más convincente, más brillante, más definitivo, vaya. Si ésa es toda la relación que encuentras entre Contreras y los tres fiambres, me parece francamente pobre.

Dudar de los razonamientos de Cidraque significaba exponerse a un comentario algo más que sarcástico, que en esta ocasión tampoco se hizo esperar.

—Por supuesto, si el asesino hubiera dejado una carta firmada con su nombre y dirección sobre los cadáveres, la cosa estaría mucho más clara. Por desgracia no es así, y no queda más remedio que utilizar el cerebro, cosa a la que mucha gente no está acostumbrada.

—No te pongas cínico conmigo, ¿eh? Conmigo no, que te mando a contarle tus historias al brigada.

—Bueeeno, no te enfaaades.

—Lo único que digo es que tu razonamiento me parece... desorbitado.

Cidraque se limitó a encogerse de hombros.

—Piensa lo que quieras. Como bien dices, no tengo pruebas. Pero estoy convencido de que Gayarre asesinó a Villalba. E igualmente estoy convencido de que Contreras está metido en el asunto hasta las cejas.

Oía hablar a Cidraque de pruebas y de conjeturas, de víctimas y de asesinos, como si la cosa no fuese conmigo. Quizá fuera porque, realmente, así era. O eso creía yo.

—Muy bien. Imaginemos que tienes razón —admití de mala gana—. ¿Y qué? ¿Qué se supone que debemos hacer?

—A eso, precisamente, es a lo que llevo todo el día dándole vueltas.

—¿Y ya has tomado una decisión?

Mi compañero sonrió amargamente.

—Quizá esto te sorprenda, pero...

—¿Pero?

—Como bien dijiste ayer, nos quedan menos de tres meses para licenciarnos. Puede sonar egoísta, pero a los muertos nadie les va a devolver la vida y nosotros podríamos llegar a perder la nuestra, de modo que... ¿Qué te parece si en adelante evitamos cruzarnos en el camino de Gayarre y Contreras... y olvidamos el tema?

Pensé que era una broma. Creo que incluso me quedé mirándole, sonriendo como un bobo, esperando que se echase a reír.

Cuando comprendí que hablaba en serio, mi admiración por Álvaro Cidraque subió muchos enteros.

UN VIRTUOSÍSIMO TOQUE de corneta marcó la reanudación de la jornada tras el descanso de mediodía. Instantes después, el brigada Marmolejo irrumpía en la oficina como un huracán, rebosante de libros y de papeles. Cidraque se levantó como una bala de su sillón.

—A la orden, mi brigada. ¡Dios mío, si ya es la hora! Voy a la formación...

—Espera un momento, Cidraque.

—Lo que usted diga, mi brigada.

—Se dice «a la orden» —recordó el suboficial, sin mucha convicción. Extendió sobre su mesa todo lo que traía y se dirigió a mí.

—Ponte a la máquina, que tenemos que hacer media docena de oficios, un parte y empezar la lista de revista.

—La lista de... Pero si estamos a día veinte —protesté.

—¡Sin rechistar! Y tú, Cidraque, ¿qué tienes que hacer esta tarde?

—Pues... depende de lo que usted quiera que haga. La verdad es que de momento sigo sin ser asignado a ninguna sección.

—Bueno, pues te cambias «de bonito» ahora mismo y te presentas inmediatamente al teniente Palacios, que estará al llegar. Iréis los dos al puerto a esperar a una persona que viene en el barco de Málaga.

—¡A la orden, mi brigada! —exclamó Cidraque, exultante.

Desde luego, su suerte era inagotable.

Introduje original y dos copias en el carro de la máquina y tecleé por milésima, quizá por millonésima vez, el encabezamiento de todos nuestros escritos:

G.F.R.I. MELILLA N.º 2

Cía. PLM II TABOR

De reojo vi a Cidraque, que se llevaba la mano a la oreja derecha mientras adoptaba una falsa expresión de éxtasis.

—Escúchele, mi brigada —dijo, refiriéndose a mí—. Es un verdadero virtuoso de la mecanografía. ¡Oooh...!

Intenté tirarle un archivador a la cabeza, pero la intervención del brigada le permitió escapar a tiempo.

—¿Dejaréis de hacer el indio alguna vez...?

—Pero, mi brigada, ¿usted de qué parte está? —protesté—.

En pleno mes de agosto me trae trabajo como si estuviésemos en vísperas de maniobras y, encima, manda a Cidraque a hacer turismo toda la tarde con el cachondo del teniente Palacios.

Marmolejo se alzó de hombros.

—Eso te pasa por ser un virtuoso de la Olivetti.

Trabajé toda la tarde como un enano, redactando informes triviales y dando forma de parte a las estupideces más anodinas. Al llegar la hora del paseo, una vez terminada la jornada de tarde, Cidraque aún no había regresado de su misión con el teniente Palacios, cosa que no me extrañó un pelo.

Me apetecía salir del cuartel, así que busqué a Adolfo.

—Lo siento, chico. ¡Qué más quisiera yo! Resulta que al brigada le ha dado la neura y tengo que contar todo el material de maniobras. Esta tarde me la paso íntegra en furrielería.

Probé suerte con Eugenio, el cabo de armamento.

—Imposible. La compañía está de retén y tengo que quedarme para abrir los armeros...

José Mari era el encargado del cuarto de transmisiones.

—¿Salir? ¡Pero si estoy arrestado! ¿No lo sabías? El capitán me ha metido cuatro días porque a la radio que le di ayer se le agotaron las baterías a media mañana. ¿Qué culpa tendré yo de que el material que nos venden los americanos sea una porquería? ¡A ver!

Así que no me quedó más remedio que salir solo.

## 2 *Tristeza infinita*

Total, quince minutos más tarde me encontraba solo, sentado en la terraza del café Imperial ante un té con menta y dedicado a la siempre grata tarea de contemplar al personal. Especialmente, al personal femenino, claro.

Atentos, vista a la derecha. Monumento nacional minifaldero estilo gótico flamígero en actitud de atravesar paso de cebra. En lontananza, dos ejemplares modelo «joven esposa de teniente reción salido de la academia», con sus habituales caritas de inadaptadas sociales. Y ahora, a contraluz, belleza inaudita acompañada por cabo de Regulares. Los hay con suerte. A ver si se acercan más y me fijo en quién es. ¡Vaya! Se están desviando de la trayectoria idónea, el sol me da de lleno en los ojos y así no voy a poder saber de quién se trata. Porque tampoco es cuestión de volverse descaradamente. ¡Bueno...! Al fin y al cabo, ¿a mí qué más me da quién sea? Mejor para él, se trate de quien se trate.

Pero justo cuando cruzan tras de mí, él suelta la mano y de una palmada me encasqueta la gorra montañera hasta la nariz, mientras escucho una voz archiconocida.

—Hola, virtuoso. ¿Qué? ¿Tomando el aire?

Cuando logro, no sin cierto esfuerzo, desencasquetarme la gorra, Cidraque y su monumental compañera ya se han sentado a mi mesa.

—Hombre, Cidraque... ¿No queréis sentaros?

Tiene unos ojos verdes así de grandes que quitan el hipo. Me refiero a ella, claro. Le digo hola y mientras me devuelve el saludo, envuelto en una sonrisa triste, aprovecho para hacerle un minucioso examen. Aparenta veintidós o veintitrés años. Morena clara, con melena suelta, de las que ya no se estilan. Tipazo de modelo de pasarela, delgada y alta, muy alta. Viste con no demasiado estilo. Quizá intenta parecer una colegiala, pero la blusa blanca y la falda a cuadros le dan un aire provinciano que las sandalias de tacón muy alto no logran romper.

De la breve presentación que hace Cidraque sólo saco en claro que se llama Victoria y que se trata de la persona a la que el teniente Palacios y él mismo han ido a esperar al puerto. Charlamos de temas intrascendentes. Victoria no abandona ni por un momento su aire triste, entre dulce y melancólico, que —esto sí— le favorece decididamente. Apenas sonríe, apenas habla, apenas levanta la mirada de la mesa.

Cidraque no se pierde un solo gesto de la chica. Está atento a cada movimiento, a cada suspiro.

Media hora más tarde dejamos el Imperial y vamos a dar una vuelta por el barrio del Mantelete. Los bazares atestados de mantones y kimonos, de gigantescos radio-casetes y de diminutas calculadoras consiguen el milagro de hacer que Victoria sonría abiertamente en un par de ocasiones. Se ha colgado del brazo de Cidraque y empiezo a sentirme como el tercero en discordia. Sin embargo, en cuanto hago mención de dejarlos solos, ambos se niegan en redondo y ella, que con los tacones me saca cuatro dedos de altura, me pasa el brazo libre por los hombros. Ahora me siento su hermano pequeño.

La cafetería del hotel Ánfora es nuestra última parada. Allí desgranamos las últimas trivialidades esperando que se hagan las diez, momento en el que, como buenos chicos, no tenemos más remedio que volver a casa si no queremos que papá suboficial nos eche la bronca y dos días de arresto.

Con sólo cruzar la calle dejamos a Victoria en el hotel Rusadir, donde se hospeda. Estoy deseando quedarme a solas con Cidraque para hacerle un montón de preguntas sobre su nueva amiga. Mucho más aún al escuchar su frase de despedida:

—Mañana pasaré a buscarte —le dice a la chica—. ¿Sobre las diez te va bien?

—Sí, estupendo. Gracias por todo, Cidraque.

—Ha sido un placer...

La curiosidad me está matando y apenas puedo esperar a salir a la calle.

—De modo que vendrás a buscarla a las diez.

—Más o menos.

—A las diez de la mañana, claro.

—Claro.

—Ya... Y saldrás del grupo a esa hora sin ningún problema.

—Por supuesto. Para eso voy en misión oficial.

Caminamos en silencio durante algo más de medio minuto. Al cabo de ese tiempo me detengo, casi echando chispas.

—¿Por qué te paras?

—¡Ya está bien! No pienso moverme de aquí mientras no me expliques de qué va todo esto, quién es esa chica y cuál es esa misteriosa misión oficial.

Cidraque suspira y mira al cielo.

—Ningún misterio. El teniente Palacios me ha encargado que la acompañe y le sirva de guía durante su estancia en Melilla.

—¿Y de quién se trata? ¿Alguna sobrina del teniente?

—No, hombre. Se llama Victoria...

—Justamente eso es lo único que ya sabía. Sigue.

—Victoria Villalba.

Durante un momento me quedo hasta sin respiración.

—¿Quieres decir...?

—Sí. Es su hermana. Ha venido a hacerse cargo del cadáver.

Si llego a tener a mano una cuerda de piano, le estrangulo allí mismo. Una oleada de justa indignación me impide articular palabra durante un buen rato. Al fin consigo escupir mi ira entre dientes.

—¡Eres...! Eres un cabrito. ¿Lo oyes bien? ¡Un cabrito y un malnacido! Toda la santa tarde con ella y eres incapaz de decirme quién es. ¡Podía haber metido la pata! ¡Podía haber quedado como un imbécil!

—¿Tú? ¡Vamos...! Pero si eres más discreto que un espía sordomudo...

—¡Eso! ¡Encima, choteo! A ver si al final te vas a tragar el archivador, ahora que no está el brigada para defenderte.

—Qué animal y qué basto eres a veces, hijo...

Cidraque, en ocasiones, tenía estas cosas.

## 3 *Crimen perfecto*

Aquella noche no cuadró el parte de retreta y tuve que acompañar al sargento primero Monedero al cuerpo de guardia para comparar mis recuentos con los que obraban en poder del teniente. Es ésta una circunstancia engorrosa que no ocurre más que de ciento a viento, pero que pone a prueba la paciencia del suboficial de semana. Por suerte, en aquella ocasión el error estaba de parte del teniente de guardia y sus disculpas tuvieron la virtud de disipar el nubarrón maléfico que se estaba formando entre Paco Monedero y yo.

Cuando regresamos a la compañía, tras recorrer tres veces el cuartel de punta a cabo, ya eran casi las once y media de la noche. Para el horario militar, una hora avanzadísima.

—Te has dejado encendida la luz de la oficina.

—Sí, mi sargento primero, ya veo. Ahora mismo voy a apagarla.

—Yo voy a acostarme ya. Hasta mañana.

—Hasta mañana, mi sargento primero.

Estaba seguro de haber apagado la luz, así que no me sorprendí lo más mínimo cuando, al entrar en la oficina, encontré a Cidraque en calzoncillos, sentado a mi mesa.

—¿Qué? ¿Insomnio?

Sonrió de mala gana.

—No. Es que he olvidado decirte algo.

—Algo catastrófico, supongo.

—Anda, siéntate.

Obedecí, ya con la mosca tras la oreja. Él prosiguió, casi de inmediato.

—¡Ejem...! Verás. Esta tarde... después de conocer a Victoria no he podido... en fin, que no me ha parecido ético ocultarle lo que pienso sobre las circunstancias de la muerte de su hermano. En fin, ya sabes...

Dijo eso y se me quedó mirando. Esos silencios de Cidraque inmediatamente después de sus explicaciones —siempre escasas para las personas de mente convencional como yo— me producían últimamente una intensa desazón. Desazón que se convertía con rapidez en ira de la mejor especie.

—A ver si lo he entendido bien: ¿acaso insinúas —mascullé de mal talante, alzando progresivamente la voz—, sugieres y/o pretendes darme a entender que has cometido la burrada, la imperdonable burrada de poner a Victoria al corriente de alguna de tus desquiciantes teorías sobre la muerte de su hermano?

La mirada de Cidraque se volvió ahora totalmente inexpresiva.

—Pues... sí —dijo—. Para ser exactos, le aseguré que había sido asesinado a sangre fría por el capitán Gayarre.

Sentí que me faltaba el aire.

—Dios bendito... ¡Estás loco! Estás como una regadera. ¿Cómo se te ocurre ir por ahí diciendo...? ¡Virgen del Pilar! Imagina que esa pobre chica se cree tu historia y acude a la policía con el rollo. O, peor aún, se pone a investigar por su cuenta y riesgo.

—¡Ah, no! No te preocupes. No hará semejante cosa.

—¿Por qué estás tan seguro?

Cidraque carraspeó innecesariamente.

—Porque... porque le he dicho que nosotros lo haríamos.

Se me puso una nube ante los ojos. Una nube de color rojo. Y se me doblaron las piernas, lo cual evitó que saltase sobre Cidraque y le hiciera comer el sello de caucho de la compañía.

—¿Nosotros? ¿Quieres decir tú y yo? ¡Pero...! ¡Eres un insensato! Si tú mismo me lo has dicho a mediodía: nos quedan tres meses para irnos de aquí. No merece la pena meterse en líos. No merece la pena. ¡No merece la pena!

—Eso ha sido a mediodía. Todavía no conocía a Victoria.

El tono que utilizó lo dejó todo claro. Bastaba oírle pronunciar el nombre de Victoria para caer en la cuenta.

—No me digas... No me digas que te has enamorado de esa chica.

Cidraque abrió los brazos con resignación.

—Hombre, enamorado, enamorado, lo que se dice enamorado... no sé. Pero reconozco que ha surgido algo entre nosotros... Ha sido como un flechazo. Cuando la vi bajar por la escalerilla del barco, sentí un escalofrío que aún no se me ha pasado.

—O sea, justo lo que te faltaba para terminar de perder la chaveta.

—Quizá. Pero puedo contar contigo, ¿no?

—¡Ni hablar! —grité instintivamente—. No, Cidraque, lo siento. Da la casualidad de que yo no estoy enamorado, así que no acabo de encontrar un motivo claro para arriesgar el pellejo. Además, Melilla es el último lugar de la Tierra en el que me gustaría morir. No estoy seguro de saber llegar desde aquí al reino de los cielos. ¿Me comprendes?

—Pero si ayer estabas dispuesto a ayudarme...

—¡Ayer era ayer! Ayer se trataba de ayudarte a cumplir el encargo del capitán Contreras. Y ayer Villalba todavía estaba vivo.

Me pareció que al fin entraba en razón. Se levantó y caminó

hacia la puerta. Pero antes de llegar a ella volvió a encararse conmigo.

—Óyeme bien: Gayarre ha matado a ese chico. Lo sé. Estoy seguro de ello, como también estoy seguro de que Contreras está metido hasta el cuello. Y ahora dime cómo vas a hacer para aguantar los próximos noventa días viéndolos llegar a los dos cada mañana y marcharse a sus casas cada tarde tan campantes.

—No me líes, Cidraque, haz el favor. Todo eso no son más que palabras. Demuéstrame que Gayarre mató a Villalba premeditadamente, o cuál es el papel de Contreras en esas muertes y quizá, sólo quizá, cambie de idea. Pero mientras tanto...

—¡Muy gracioso! —saltó Cidraque—. Si pudiera demostrártelo a ti, se lo podría demostrar a cualquiera.

Volvió sobre sus pasos y se sentó de nuevo frente a mí.

—Olvídame, Cidraque —le supliqué.

—Un momento, hombre, es sólo un momento. Al menos, ayúdame a pensar en voz alta. Desde anoche no dejo de darle vueltas al tiroteo entre Gayarre y Villalba y no consigo imaginar cómo sucedió todo.

—Pues yo ni siquiera llegué a ver el escenario de los hechos...

—Lo tengo todo aquí grabado —se señaló entre los ojos—. Allí estaba Villalba, prácticamente dentro de la garita, muerto de dos tiros, con el cetme entre las manos. A unos veinte pasos había caído Gayarre, herido en una pierna por uno de los disparos de Villalba. Pensé en lo injusto de la situación: dos tipos se acribillan a balazos y el que queda vivo cuenta su versión de los hechos y todo el mundo dice amén.

—Te olvidas de dos detalles fundamentales: que Gayarre es un capitán y que su versión coincide con la única evidencia palpable: los dos primeros disparos fueron los de cetme de Villalba. Lo oyó todo el cuartel.

—Sí, ya... Pero eso no quiere decir necesariamente que los hiciera Villalba. Quizá... Quizá Gayarre mató primero a Villalba de una forma silenciosa y luego efectuó él mismo los cuatro disparos.

No se lo creía ni él.

—Quieres decir que Gayarre se acercó a Villalba sin que le viera, le estranguló, luego cogió su cetme, se disparó a sí mismo en una pierna, le volvió a colocar el fusil en las manos, retrocedió veinte pasos saltando a la pata coja y luego, desde allí, le metió al cadáver dos balazos mortales de necesidad; y todo ello en aproximadamente diez segundos. ¿Es eso?

Cidraque bajó la vista, irritado.

—Conste que no es una teoría demasiado mala. Se podría afinar bastante. Aunque sí hay ciertos detalles que la invalidan, lo reconozco. Como el hecho de que la herida de Gayarre no fuera hecha por un disparo a bocajarro.

—Y eso ¿cómo lo sabes?

—Cuando Victoria y yo te encontramos esta tarde, veníamos del Hospital Militar. Quería ver el cadáver de su hermano. Allí pude hablar un momento con Antón Sau, que fue quien atendió anoche a Gayarre. Él me lo dijo.

—Ya. Y resulta difícil herirse a sí mismo con un fusil y no hacerlo a bocajarro.

—Imposible, diría yo.

—Entonces... ¿los dos primeros disparos los hizo el propio Villalba o no?

Cidraque suspiró con rabia.

—Yo diría que sí. No veo otra explicación.

—En ese caso, Gayarre disparó en defensa propia. Si, como tú dices, se trata de un asesinato, no cabe duda de que Gayarre ha cometido el crimen perfecto.

Cidraque quedó entonces inmóvil, como si le hubiera dado un aire.

—Pues claro... —musitó.

—¿Qué?

La mirada de Cidraque se iluminó.

—Leí una vez algo muy interesante: que el crimen perfecto sería aquel que cometiese la propia víctima.

—¿Insinúas... que Villalba se suicidó?

—No, no, no. Al menos, no exactamente. Aunque no me negarás que enfrentarse en esas condiciones a Gayarre, que tiene fama de excelente tirador, fue casi un suicidio.

—Hombre...

Cidraque se había puesto de nuevo en acción. Quien le hubiera visto en esos momentos, recorriendo en calzoncillos la oficina de arriba abajo como una fiera enjaulada, no habría dudado ni por un momento de su enajenación mental.

—¡Levántate! —me dijo de pronto—. Ponte ahí, entre las dos mesas. Tú eres Villalba. Gayarre ha jurado que te mataría y tú estás seguro de que hablaba en serio. Tanto, que has intentado cambiar la guardia de hoy porque sabes que estando de capitán de cuartel dispondrá de la ocasión ideal para cumplir su amenaza. ¡Yo soy Gayarre! Me acerco a tu garita, ya con el revólver en la mano. Cuando estoy a veinte pasos, gritando sólo lo suficiente para que me oigas, digo: «¡Aquí estoy, sucio bastardo! ¡Ha llegado tu hora! ¡Vas a morir!». O algo por el estilo, vaya. ¿Qué haces tú?

—Pues, a ver... ¡Ya sé! ¡Monto el cetme! «¡No te acerques más o disparo!».

—¡Correcto! Pero yo levanto el revólver y te apunto. Soy un buen tirador y con mi propia arma no puedo fallar. ¡Voy a disparar!

—¡Lo veo! ¡Pero yo lo haré antes!

—Estás perdidamente nervioso. Además, hasta hace un instante vigilabas el polvorín, que está fuertemente iluminado, mientras que yo estoy casi en penumbra.

—¡Disparo! ¡Bang!

—¡Has fallado, por supuesto! Eso te pone aún más nervioso y yo permanezco lejos y de perfil, ofreciendo muy poco blanco. Ahora sujeto el revólver con las dos manos. Parece que voy a abrir fuego, pero tengo que esperar a que me dispares de nuevo. He de correr ese riesgo. Quienes oigan los tiros han de estar bien seguros de que tú disparaste primero.

—¡Vuelvo a disparar! ¡Bang!

—¡Aaahg! Siento un impacto en la pierna, pero para entonces mi cerebro ya ha dado la orden de apretar el gatillo. ¡Bang!

—¡Me has dado! ¡Me has dado de lleno! ¡Aaaarch! El impacto me empuja hacia atrás, contra la garita. Durante un instante permanezco en pie, inmóvil. Pero ya estoy muerto.

—Antes de caer al suelo, hago un nuevo disparo. ¡Bang! Es otra diana. Veo cómo te derrumbas sin siquiera soltar el cetme.

—¡Tuuummp...!

—Fin de la escena. Aplausos.

Nos miramos con los ojos abiertos, con las bocas abiertas, jadeantes por la emoción y el estupor. Así fue. Seguro. Y, aunque estamos convencidos de haber dado en el clavo, la verdad es que no nos sirve de nada. Nunca lograremos probarlo. No, peor aún: no hay nada que probar. Si fue así, el propio Villalba fabricó la coartada de su asesino. Fue en defensa propia.

Un crimen perfecto.

En ese momento se abre la puerta de la oficina y aparece en el umbral el sargento primero Monedero, en pijama y con una cara de malas pulgas que tira de espaldas.

—¿Os vais a callar de una maldita vez? ¡Quiero dormir! Mañana tocan diana a las siete. ¡A la cama los dos! ¡Es una orden!

# Jueves lardero

## 1 Hospital Militar

ME sentía mal. Tan mal, que estuve a punto de no levantarme a diana. No tenía fiebre, ni dolores, ni vómitos, ni diarreas, ni erupciones cutáneas, ni hongos en los pies, ni ningún otro síntoma al que agarrarme para conseguir el rebaje médico, eso es cierto. Pero me encontraba virtualmente deshecho tras una larga noche de batallar contra fantasmas, contra dudas y temores. ¿Quién me mandaba a mí meterme en camisa de once varas? ¿Qué podía sacar de aquel turbio asunto sino perjuicios, enormes perjuicios? Sin embargo, si yo no lo hacía, ¿quién lo haría? Y si daba la espalda a la situación, ¿conseguiría vivir tranquilo alguna vez? ¿No sentiría ya siempre una náusea al mirarme al espejo?

Cosa rara, aquella mañana no vi a Cidraque hasta después del desayuno y ni siquiera crucé con él una sola palabra. A la salida del comedor, y manteniendo una prudente distancia, me lanzó uno de sus elocuentes pero indescifrables gestos, mezcla de guiño de ojo, fruncido de cejas y ladeado de cabeza. Inmediatamente se alejó a toda prisa, dejándome sumido en un océano de dudas.

Dos horas más tarde, mientras yo libraba mi cotidiana batalla con los libros de rancho, los partes de relevo y las listas de revista, Cidraque subía hasta la segunda planta del hotel Rusadir y llamaba a la puerta de la habitación 203.

Victoria tardó en abrir y, cuando lo hizo, apareció con unas ojeras muchísimo más amplias que el cortísimo camisón que vestía.

—Ah, hola... —murmuró con voz de ultratumba, franqueándole el paso—. ¿Qué hora es?

—Las diez en punto.

—¿Ya? Lo siento... No debe de hacer ni tres horas que conseguí conciliar el sueño.

—Nadie lo diría. Estás radiante —mintió Cidraque.

Victoria se lo agradeció con un amago de sonrisa y desapareció en el cuarto de baño, desde el que de inmediato le llegó a Cidraque el sonido de la ducha. Cinco minutos después, Victoria salió envuelta en una toalla, se dirigió al armario y se vistió. Cuando ella dijo al fin: «Ya estoy lista, ¿nos vamos?», Cidraque tenía la boca seca y la presión sanguínea en niveles alarmantes.

Tras desayunar, y ya con el calor apretando, emprendieron ambos el camino del Hospital Militar.

> El Hospital Militar de Melilla debió de ser modélico en su día. Hoy, sin embargo, pasear por sus calles empedradas y sus jardines descuidados provoca una oleada de especialísima melancolía, quizá incitada por el aire colonial de los pabellones, dedicados cada uno de ellos a los distintos males que pueden aquejar al hombre. Entrar allí y recorrer las salas donde conllevan su letargo militares chusqueros cercanos a la jubilación definitiva, junto a imberbes soldaditos de reemplazo, produce tristeza de la mejor calidad.

Apenas traspasaron el arco de hierro forjado que daba acceso al recinto, Cidraque y Victoria sintieron ese suspiro helado que antecede siempre a la desolación. Ella se cogió del brazo de él buscando apoyo. Él se dejó querer de esa manera leve y, por unos momentos, casi olvidó lo mucho que distaba de ser feliz. De modo inconsciente acortaron el paso para que aquel momento diera el máximo de sí, que no fue mucho en cualquier caso.

Por fin, tras preguntar por Antón Sau en el lúgubre mostrador de admisión, se dirigieron al pabellón de medicina interna donde, efectivamente, apenas cruzado el umbral divisaron a Sau al fondo, terminando de reconocer a un enfermo de lamentable aspecto.

Era Sau una persona fuera de lo común: verdadera eminencia en lo suyo —medicina forense y anatomopatología—, y con conocimientos superiores a la media en casi todas las demás especialidades. Más bien bajito, moreno de piel y de cabello, valenciano de origen por más señas.

De carácter algo ingenuo, en tanto no dio con sus huesos en Melilla estuvo plenamente convencido de que el magnífico trabajo de investigación que estaba desarrollando en la universidad le libraría del servicio militar o, al menos, le autorizaría a realizarlo en su ciudad de residencia. Cuando, agotadas todas las prórrogas, una pareja de la policía militar fue a buscarle a su casa y le metieron a empujones en el barco, no podía creerlo.

Los que le conocían bien afirmaban que esta situación le había acidulado ligeramente el carácter.

Al verlos, les hizo una seña. Cidraque y Victoria se acercaron por el pasillo central. La presencia de la chica levantó una marea de comentarios y algún que otro silbido entre los enfermos menos graves.

—Hola, pareja —saludó el médico—. Esperad un momento, que ahora mismo estoy con vosotros.

Mientras Sau terminaba de hacer unas anotaciones en la tablilla colgada a los pies de la cama, Cidraque no pudo reprimir un escalofrío a la vista del ocupante del lecho, un hombrecillo insignificante cuyo cuerpo apenas abultaba lo bastante como para hacerse notar entre las sábanas. Era de tez muy morena, pero la enfermedad le había desviado el color hacia el verde aceitunado. Sus ojos gritaban de miedo. Antón sonrió al dirigirse a él.

—Bueno, Barbosa. Ahora descanse y tómese sin protestar todo lo que le den las monjitas. ¿De acuerdo? Pasaré a verle al final de la mañana. ¡Y no se le ocurra morirse antes de que yo vuelva! ¿Está claro?

—Sí, doctor —susurró el hombrecillo, gimiendo una sonrisa.

Con un gesto, Sau invitó a Cidraque y a Victoria a acompañarle hacia la salida.

—Pero, Antón, ¿cómo se te ocurre decirle a ese hombre semejante barbaridad?

—¿Lo de que no se le ocurra morirse? Mientras vea que bromeo sobre ello, no se le ocurrirá pensar que lo digo en serio.

—¿Y es así?

Sau bajó el tono.

—No le queda ni una semana. Tiene el hígado como un cacho de mármol. Ese hombre ha bebido en su vida más alcohol del que tú o yo podemos imaginar. Aún ahora se desayuna todos los días con un Chinchón seco. Y yo, desde luego, no pienso prohibírselo. Ya no.

En la capilla del hospital, custodiado por una pareja de gastadores, se hallaba el féretro con el cuerpo del hermano de Victoria. La tarde anterior, los restos de Júdez habían salido ya camino de Palencia. El cadáver de Moliner, por el contrario, permanecía todavía en el depósito, dado que aún no había sido posible localizar a los familiares del compañero de celda de Cidraque.

Mientras Victoria firmaba en el despacho del teniente ayudante el numeroso papeleo derivado de la situación y recibía diversas muestras de pésame por parte de jefes y oficiales, Sau y Cidraque salieron al exterior y fueron paseando bajo los enormes plátanos de indias que flanqueaban la calle principal del complejo hospitalario. Casi de inmediato, el médico sacó de la carpeta que llevaba bajo el brazo unos folios unidos por una grapa y se los tendió a Cidraque.

—Te he fotocopiado el informe de la autopsia de Villalba. Supuse que te interesaría.

A Cidraque le brillaron los ojos, al tiempo que esbozaba una sonrisa.

—¡Por supuesto! Gracias, Antón. Eres un fenómeno —reconoció, ojeando el informe—. ¿Has visto algo... fuera de lo normal?

El médico, aparentemente, meditó la respuesta.

—Respecto al origen de la muerte, no. Está claro que murió

a causa de los disparos. Los dos que recibió eran mortales de necesidad. Pero existe otro detalle que, aunque no tiene nada que ver con la muerte, me ha parecido muy, muy significativo.

—¿De qué se trata?

Sau carraspeó para aumentar el énfasis de su siguiente afirmación.

—Villalba se pinchaba.

Cidraque se detuvo al momento, sin ocultar su extrañeza.

—¿Estás seguro? Fue en lo primero que me fijé cuando me acerqué al cadáver la noche que le mataron. Y no le vi marcas en los brazos.

—Que no las vieses no quiere decir que no las tuviera. Ocurre que las de los brazos eran muy antiguas y ya apenas podían distinguirse. Era un *yonki* veterano. Hace ya tiempo que se picaba en otros lugares: bajo la lengua, en los tobillos, en las corvas...

—¿Puede uno pincharse en las corvas?

—Es fácil. Con la ayuda de un espejo, naturalmente.

Como quiera que Cidraque volviese a quedar en silencio, Sau continuó:

—¿Sabes, Cidraque? A lo mejor estoy diciendo una tontería, pero... no hago más que pensar que los fiambres que nos habéis enviado estos días desde Regulares tienen algo muy significativo en común: los tres eran adictos a la heroína.

—Sí, eso parece. ¿Y qué?

—¿No te has parado a pensar que... ese detalle podría relacionar las tres muertes entre sí?

Cidraque aparentó sorpresa. Luego, torció el gesto y disimuló como un bellaco.

—La verdad, no se me había ocurrido. Aunque, sinceramente, lo veo difícil. A Villalba parece claro que le mató Gayarre en defensa propia, mientras que Júdez y Moliner murieron por... bueno, por un *pico* de heroína adulterada, ¿no?

Sau apretó los dientes y bajó la vista hasta enterrarla en el polvo de la alameda. Pareció dudar durante unos instantes. De pronto abrió de nuevo su carpeta y sacó unas cuartillas garrapateadas a bolígrafo.

—¿Qué es? —preguntó Cidraque.

Sau llenó lentamente sus pulmones de aire y esbozó un amago de sonrisa.

—Esta pasada noche ha hecho un calor de mil demonios. Como no podía dormir, decidí ir al laboratorio de análisis. Es pequeño y sólo cuenta con lo indispensable, pero creo haber conseguido unos cuantos resultados interesantes.

—¿De qué estás hablando? ¿Qué es lo que analizaste?

—La heroína que se metieron Júdez y Moliner, naturalmente. En los dos casos se encontró la *papelina* con, aproximadamente, la mitad del contenido.

—¿Se inyectaron sólo media dosis? Curioso...

—Eso parece. Quizá la suponían de gran pureza y temían la sobredosis.

—Eso es absurdo. El problema ahora en Melilla es la escasez de heroína, no la pureza excesiva.

—Y, sin embargo, de eso se trata. Lo que he encontrado es, básicamente, un tipo de heroína sintética de gran pureza.

Cidraque se detuvo, leyendo atentamente el informe entregado por Sau.

—No entiendo nada. ¿Quién va a malgastar una mercancía así, cuando ahora se la quitarían de las manos aunque estuviera *cortada* una docena de veces?

Sau se encogió de hombros.

—Mi fuerte no son las especulaciones. Pero es que aún hay más.

—¿Ah, sí?

—Por lo general, la sobredosis te deja seco en cuestión de segundos. Los cadáveres suelen aparecer con la aguja aún en la vena. Pero ese, desde luego, no fue el caso de Júdez ni de Moliner.

—Así que sospechaste algo raro.

Sau miró a su alrededor. Como no vio a nadie, continuó:

—Y lo había. La heroína sí estaba ligeramente adulterada, pero no del modo que lo haría un *camello* para multiplicar la venta. Nada de bicarbonato, ni glucosa molida, ni chorradas de ésas.

—Suéltalo de una vez —exigió Cidraque, impaciente.

—Lo tienes todo ahí, en el papel.

—¿Te refieres a este jeroglífico? La formulación química nunca ha sido mi fuerte. Dime de qué se trata y déjate de gaitas.

Sau continuaba recelando, inquieto.

—Como te digo, no he podido hacer un examen exhaustivo pero, sin profundizar mucho, he hallado vestigios de estricnina, de cianuro potásico y de otra media docena de venenos... Hasta sosa cáustica llevaba. Y aún hay varios compuestos más que, con los medios que tengo aquí, no puedo reconocer.

Cidraque tragó saliva.

—O sea, que estaba adulterada con intención de... matar.

—Sin duda. Quienquiera que preparase esa mezcla, se tomó muchas molestias para que resultase confusa y difícil de analizar. Yo diría que su idea fue aparentar las muertes por sobredosis, aun en el caso de que las víctimas no se inyectasen la cantidad suficiente.

—Sin embargo, lo que provocó en Júdez y Moliner fue locura.

Sau se encogió de hombros significativamente.

—Algo imprevisible, diría yo. A la vista de los análisis, yo mismo habría estado convencido de que meterse eso en las venas y caer fulminado había de ser todo uno. Pero no fue así. La cosa llevó su tiempo.

Cidraque se acarició la barbilla, pensativo. Sintió frío, pese a que la temperatura estaba empezando a subir a marchas forzadas.

Dos hombres vestidos con bata blanca se acercaban hablando entre sí. Sau y Cidraque guardaron silencio hasta que se vieron solos de nuevo.

—En todo caso, tú crees que la muerte de Villalba no tiene nada que ver con las otras dos. ¿No es eso?

Cidraque sonrió de un modo especial. Como lo hacía siempre que quería camuflar la verdadera intención de sus palabras.

—Eso, desde luego. Para mí, el hecho de que los tres fueran drogadictos es una simple casualidad. La vida está llena de casualidades, Antón. ¿Por qué no va a estarlo también la muerte?

## 2 *Archivos de Mayoría*

La comida del día fue gazpacho y ensalada para primero, carne en salsa roja —especialidad de Ahmed— como segundo y natillas de postre. No tardé más de quince minutos en dar cuenta de mis correspondientes raciones. Y al cabo de otros cinco, estaba ya en mi oficina esperando la llegada de Cidraque, que no se produjo hasta las tres menos cuarto.

—¡Ya era hora! —exclamé al verle aparecer—. Tengo una sorpresa para ti, que espero te guste.

—Me chiflan las sorpresas. Déjame adivinar... ¿Un ramo de flores?

—Se trata de poner a prueba tu espíritu aventurero, tus templados nervios de acero, tu sentido del riesgo.

—Fascinante. Ahora, sorpréndeme.

—He planeado un asalto a los archivos de Mayoría.

Me lanzó una mirada toda escepticismo, a la que repliqué exhibiendo una sonrisa panorámica.

—¿No quieres información sobre Contreras y Gayarre? Dime dónde la conseguirías mejor y más completa. Allí está todo sobre ellos. Absolutamente todo.

—¿Y el modo de entrar?

—A eso he dedicado la mañana, mientras tú le dabas al pico con tu amiga Victoria. Medina está de oficinista de servicio y le he convencido para que nos abra la puerta lateral a las tres en punto.

Cidraque consultó su reloj y dio un respingo.

—¡Pero si apenas faltan diez minutos...!

—Exacto. ¿Nos vamos ya?

Así pues, cuando más insoportable era el calor, cuando quien más y quien menos cedía a la tentación de la siesta, cuando sólo las sargantanas tenían el mal gusto de salir a pasear, Cidraque y yo nos deslizamos con disimulo desde nuestra compañía hasta la pequeña puerta lateral del edificio que albergaba las oficinas de Mayoría. En nuestro recorrido tuvimos que atravesar gran parte del cuartel, avanzando primero por el callejón posterior del II Tabor, pasando frente a las cocheras, la iglesia y el arranque de la calle que conducía a las cuadras y al polvorín. En todo el recorrido no nos cruzamos con absolutamente nadie.

Tan sólo una persona tenía acceso al edificio de Mayoría en esos momentos sin levantar sospechas: el oficinista de servicio, que era cubierto en días alternos por las compañías de Plana Mayor de los dos tabores. Hoy le tocaba a la nuestra, y quien ocupaba el puesto era Pepe Medina, un auténtico ácrata sevillano al que no costó demasiado trabajo convencer para que nos sirviese de quintocolumnista.

Cuando dieron las tres, el reloj de Cidraque emitió dos pitidos apenas audibles y, casi de inmediato, se abrió la puerta.

—Hola, Medina. Gracias por no habernos fallado.

—Ya te dije que os abriría. Pero ahora, cuanto menos tiempo estéis aquí, mejor que mejor. Recordad que tenéis que salir antes de que empiece la jornada de tarde. Tenéis una hora exactamente. Y todo lo que toquéis, volved a dejarlo en su sitio, por vuestra madre. ¿Está claro?

—Sí, hombre, sí.

—A todo esto, ¿qué buscáis exactamente?

—Información sobre Gayarre y Contreras. Todo lo que haya sobre ellos.

Medina frunció el entrecejo. Pero casi de inmediato se encogió de hombros, como dando a entender que la cosa no iba con él.

—Los datos generales estarán en Primera Sección, allí al fondo —nos informó—. Y si hay algo especial sobre ellos, en Segunda Sección, que es esa puerta.

Los archivos jamás se cerraban con llave. La confianza en que nadie entrase en el edificio fuera de horas de oficina era, al parecer, absoluta.

Localizamos los *dossiers* de Gayarre y Contreras. Yo fui tomando notas de todo cuanto me parecía interesante. Cidraque se limitaba a leer con atención y fotografiarlo todo en su prodigiosa memoria. Hubo momentos verdaderamente febriles en los que Medina casi parecía asustado.

—No revolváis tanto, que se pueden dar cuenta —susurraba

de vez en cuando—. Me vais a buscar la ruina. Me vais a hundir. ¿Por qué se me habrá ocurrido dejaros entrar?

—Tranquilo, Medina —repetía Cidraque de cuando en cuando.

—¿Tranquilo? ¡Un cuerno! —respondía Medina invariablemente.

Transcurrieron cuarenta minutos en un santiamén. Medina paseaba por las dependencias como un epiléptico. Sudaba copiosamente y se llevaba constantemente las manos a la cabeza.

—¿Os falta mucho?

—Ya estamos acabando. Habríamos ido más rápidos de haber podido fotocopiar algunos de los documentos.

—Ya dije que es imposible. El contador de la máquina nos delataría.

—¡Bah...! Estoy seguro de que habrías encontrado una manera de...

Cidraque frunció el entrecejo y aguzó el oído. Un instante después se llevó un dedo a los labios. A lo lejos se escuchó una voz recia que llamaba a gritos a Medina.

—¡Es el teniente Aizpuru! —chilló Pepe—. ¡Virgen Santísima! ¡Escondeos deprisa!

Era fácil de decir, pero mucho más difícil de hacer.

—Meteos donde podáis. ¡Rápido! Intentaré que no se acerque por aquí.

Medina salió al encuentro del teniente mientras nosotros tratábamos de escondernos entre el escaso mobiliario.

—Es inútil —masculló Cidraque—. Si Aizpuru se acerca por aquí, nos verá sin remedio.

—Debajo de esa mesa hay sitio para uno —advertí yo.

Efectivamente, la única mesa de la dependencia tenía cerrado por delante el hueco central y una persona podía esconderse bajo ella. Pero no dos.

Cidraque se fijó entonces en un enorme archivador situado en un rincón.

—Quizá tengamos suerte —musitó mientras abría con sigilo el cajón inferior.

Había en él un buen número de documentos, pero, tras empujarlos hacia el fondo, quedaba espacio suficiente para introducirse allí de malas maneras. Así lo hizo Cidraque, retorciéndose como una anguila.

—Enciérrame y métete tú debajo de la mesa.

No me hice de rogar.

Transcurrieron diez interminables minutos, en los cuales escuchamos en la oficina contigua la voz sorda del teniente Aizpuru y el traqueteo de una máquina de escribir. Luego, ruido de sillas y pasos que se alejaban. Silencio. Ahora, pasos que se acercan, que se acercan más... Que se detienen junto a nuestra puerta. La puerta que se abre... Hay alguien dentro de la oficina, pero no me atrevo a asomar ni una pestaña.

—Pero ¿dónde os habéis metido...?

Respiro aliviado al reconocer la voz.

—¡Aquí, Medina!

—¡Aaaaah!

—Tranquilo, hombre, que soy yo —dije, saliendo de mi escondite, mientras Medina se llevaba la mano al pecho.

—¡Casi me da un infarto! ¡Asesino! ¿Y Cidraque?

Voy hacia el archivador y tiro del último cajón. No se abre.

—No me digas que está ahí dentro...

—¡Cidraque! ¿Estás bien? ¡Contesta!

Su voz llega lejana y opaca.

—¡Abre, maldita sea, que me asfixiooo...!

—Ayúdame, Medina, que esto se ha atascado.

—Hombre, claro. Es que estos archivadores son para meter documentos, no para instalarse a vivir.

—Venga... ¡A la una...! ¡A las dos...! ¡Y a las...!

Tiramos con todas nuestras fuerzas y, afortunadamente, logramos que el cajón se abra. La cara de Cidraque presenta un color entre azul y amarillo que pone los pelos de punta. Por suerte, se recupera con rapidez.

—Dejemos todo como estaba y vámonos antes de que empiecen a llegar los oficinistas.

—¡Dios mío! ¡Es verdad! Las cuatro menos cinco...

Por los pelos. Cuando abandonamos el edificio, ya los primeros oficinistas se acercan dispuestos a comenzar su jornada de tarde.

Nos escabullimos por entre los barracones de talleres y, tras algún rodeo, conseguimos llegar a la compañía cuando ya la jornada de tarde había dado comienzo.

## 3 *Islas Chafarinas*

Aprovechando que el brigada Marmolejo tenía que trabajar toda la tarde con Adolfo, Cidraque y yo nos dedicamos a tratar de sacar partido cuanto antes de nuestra razia a las oficinas de Mayoría.

Él repasando datos en su memoria, y yo en mis notas apresuradamente tomadas, nos lanzamos ambos a la búsqueda de una relación clara entre los capitanes Arnaldo Contreras y Sebastián Gayarre. Y la había, desde luego. Pero no tenía la intensidad que a nosotros nos habría gustado.

Nuestro principal punto de referencia resultó ser el de que ambos tenían la misma edad y habían sido compañeros de estudios, primero en la Academia General de Zaragoza y más tarde en la de Infantería de Toledo. Sin embargo, al terminar la carrera, sus caminos se habían separado durante ocho años. Gayarre los pasó en Vitoria, mientras Contreras, más brillante y decidido, solicitaba la Legión y era destinado a Fuerteventura. Al llegarles el ascenso a capitán, Contreras, rebosante de méritos y cursillos, volaba, a petición propia, hacia los Regulares de Melilla, ciudad de la que era natural y en la que vivían sus padres y hermanos, no sin antes casarse con una preciosa chica canaria, diez años más joven que él.

Unos meses después se producía la llegada a Melilla de Sebastián Gayarre, donostiarra de pura cepa, y para quien la plaza norteafricana significaba poco menos que un exilio, justo castigo a su mediocridad.

—Y, por lo que parece, ese encuentro reaviva la antigua amistad entre los dos compañeros de promoción.

Cidraque chasqueó la lengua con disgusto.

—Eso no significa nada. ¿No tienes alguna otra cosa por ahí?

Repasé mis notas buscando un detalle que me había empezado a rondar por la cabeza.

—Hombre... A decir verdad, hay un dato que me ha llamado la atención. Quizá no sea importante, pero...

—Venga, suéltalo.

—Es sobre Chafarinas.

—¿Las islas Chafarinas?

—No sé si sabes que allí envían a un capitán cada cuatro meses para que se haga cargo del destacamento.

—No tenía ni idea.

—Pues así es. El caso es que los turnos se cubren, en teoría, por rigurosa antigüedad, pero siendo medianamente agudo y sabiendo jugar con las fechas de las vacaciones, la incorporación de capitanes nuevos y algún elemento más, resulta fácil saltarse el turno y, de hecho, los hay que llevan diez años sin ir a las islas.

—Entre ellos, nuestros amigos Gayarre y Contreras, supongo —dijo Cidraque, mostrando su indiferencia por la historia.

—Ahí está lo curioso: justamente se trata de todo lo contrario. En los últimos cinco años han cubierto entre ambos la friolera de seis turnos. Desde que llegaron a Melilla han acudido allí uno u otro todos los años, y el pasado, los dos. Contreras, de enero a abril, y Gayarre, de septiembre a diciembre. ¿No es un poco raro?

La actitud de Cidraque cambió al momento. Pude notar cómo su mirada lanzaba destellos.

—Desde luego que lo es... ¿Dónde están exactamente las Chafarinas?

Nos acercamos al gran mapa de la zona que compartía pared con el retrato del rey y le indiqué la posición.

Las islas Chafarinas son un diminuto archipiélago de soberanía española, situado a unas treinta millas náuticas al este de Melilla, y a poco más de dos de la costa norteafricana. Casi frente a la línea divisoria de las costas de Argelia y Marruecos. Lo componen tres islas: la de Isabel II, la del Rey y la del Congreso. Sólo la primera está habitada por una guarnición de Regulares de unos 160 hombres al mando de un capitán, máxima autoridad de la plaza.

Cidraque se preparó en silencio una nueva taza de café instantáneo. Con ella en la mano, deslizó una pensativa mirada sobre el mapa, que alcanzaba a mostrar una buena parte del norte de Argelia y de Marruecos. Luego, se volvió hacia mí con una inconfundible mueca de estupefacción.

—Supongo... que no es posible —dijo—. Sería demasiado bonito.

—¿El qué?

—¡Oh...! Nada, nada...

—¡Cidraque, por tu madre!

—Perdona, es que se me ha ocurrido que... Pero no, es descabellado. Y no digamos si le añadimos esto.

Con gesto efectista, Cidraque se desabrochó la camisa y, un poco arrugado, sacó un viejo documento formado por una veintena de páginas amarillentas agrupadas en una sencilla carpeta de cartulina. En la portada flameaba el emblema de los Regulares: la corona real y los dos fusiles cruzados bajo la media luna.

—¿Qué demonios es eso?

—Estaba en el archivador en el que me escondí. Lo vi en el último instante y tenía un título tan atractivo que no pude resistir la tentación.

Tragué saliva dificultosamente.

—¿Quiere decir que... te lo has llevado? ¡Estás loco!

—De recuerdo. Me juego el cuello a que no lo echarán de menos.

—¡Naturalmente que te lo juegas! ¡Y también el mío! Si te descubren con eso en la mano, nos fusilarán directamente. ¡Sin juicio!

—Mira que eres tremendista. Anda, ven, vamos a echarle un vistazo.

—¡Déjame en paz! ¡Vas a terminar con mis nervios!

—Pero ¿tú has leído el título del documento?

—En lo único que me he fijado es en el sello de *Confidencial*. Nos podrían acusar de atentar contra la... la... ¡Yo qué sé! La seguridad nacional o algo así.

—Vamos, vamos... Ese sello lo debieron de poner hace más de cincuenta años. Si casi no se ve. Y ahora ven aquí, posa tus ojos sobre estos delicados pliegos de papel de barba y asómbrate...

Me acerqué de mala gana, picado por la curiosidad. Y, la verdad sea dicha, no me quedó más remedio que admitir que, por esta vez, Cidraque no había exagerado ni un ápice. Aquellas hojas guardaban una información verdaderamente asombrosa.

Eso sí, la relación que podían tener con nuestra investigación sobre los dos capitanes y la muerte de nuestros tres compañeros resultaba para mí un completo enigma. Y Cidraque, si es que ya sospechaba algo, por supuesto que no soltó prenda. ¡Faltaría más!

## *4 Avenida Farkhana*

Esa tarde fuimos a despedir a Victoria, que partía hacia Málaga. Para acompañar el féretro de su hermano se dispuso que viajasen con ella un oficial y dos soldados. Ante mi sorpresa, Cidraque no había mostrado ningún interés en ser él uno de los acompañantes.

La partida de un barco siempre es algo emocionante y romántico. Especialmente cuando uno sabe que dentro de ochenta y ocho días se encontrará a bordo, camino de la libertad. El aullido de la sirena provoca indefectiblemente una catarata de exclamaciones y un buen número de carreras por cubierta, tratando de ocupar un sitio junto a las barandillas. Luego, flamean los pañuelos y se agitan los brazos como si se pidiese socorro. Desde el barco se grita: «¡Adiós, que ya nos vamooos!». Y desde tierra: «Adiós, buen viajeee!». Pero el barco aún no sale y cinco minutos después todo el mundo sonríe con carita de circunstancias. Se oye un nuevo sirenazo y de nuevo surge un murmullo que va *in crescendo*. Se escucha algún aventurado «ahora, ahora». Pero tampoco. Los que están en el muelle empiezan a sufrir de tortícolis de tanto mirar hacia arriba y los viajeros comienzan a marearse, asomados a la borda. Por fin, cuando menos se espera, sin previo aviso, el buque se separa del muelle. Nadie parece darse cuenta hasta que la maniobra está mediada y es ya imposible localizar al familiar, o al amigo, o a la novia.

La partida de un barco siempre es algo emocionante y romántico.

Subimos hasta lo más alto del primer recinto amurallado de la ciudad, junto al faro, para ver cómo el *Vicente Puchol* doblaba el cabo de Tres Forcas y tomaba, ahora sí, el camino hacia la *Peni*. Cuando perdimos de vista el barco, Cidraque se volvió hacia mí.

—¿Sabes? Me gusta esa chica —dijo simplemente.

Lo consideré una gran declaración de amor.

En los minutos siguientes, Cidraque no hizo sino mirar al cielo y sonreír como un imbécil. No cabía duda alguna de que estaba perdidamente enamorado.

—¿Adónde vamos? —pregunté ya de bajada, pasando junto a los aljibes.

—Hoy me siento contento y generoso —declaró Cidraque—. Así que te invito a una cerveza. Bueno, o a una de esas porquerías granizadas que tomas tú.

Me extrañó que pospusiera tan alegremente el continuar con nuestras pesquisas.

—Bien. Elige sitio.

—Me han hablado de un cafetín muy agradable. El Halma o algo así —y lanzó una de sus sonrisas antes de concluir—: Está en Farkhana, casi enfrente de cierta lavandería.

FARKHANA ERA UN BARRIO de los considerados peligrosos donde, en realidad, casi nunca pasaba nada. Visto desde fuera, no parecía otra cosa que un laberinto de casas blancas de dos pisos, diseminadas sin orden ni concierto a ambos lados de la avenida que les prestaba el nombre y en la que se concentraba el comercio del barrio. Un cine de reestreno, tres cafetines, media docena de bazares tradicionales, atiborrados de cuero y de latón y cuyo característico olor se percibía a distancia, y otra media docena, repletos de los omnipresentes cachivaches musicales y electrónicos, constituían lo más destacado. También había una peluquería, un vídeo-club y una tienda de licores.

¡Ah! Y una lavandería. La Moderna.

Tomamos asiento casi frente a ella, en la terraza del café Halma, y pedimos lo de siempre: cerveza y té.

—Si el chivatazo de tu amigo Hassán fue correcto, en esa lavandería se halla el centro de distribución de droga dura más importante de Melilla. Lo más lógico es continuar por ella nuestra investigación.

—Ya. Y ahora piensas entrar allí y preguntar quién es el jefe del tinglado de la droga en Melilla, ¿no?

—Hombre, no creo. Pero tampoco lo descarto —reconoció Cidraque—. Improvisaré sobre la marcha. A ver de lo que puedo enterarme.

—Ya. ¡Menudo plan...! ¿Quieres que te acompañe?

—No, de verdad. Creo que será mejor que lo haga solo. Me pone nervioso tener a la espalda a un tipo poniendo cara de primo.

—¡Magnífico! Es lo más sensato que te he oído esta tarde. Si te parece, te esperaré aquí mismo.

Y Cidraque, ágil como una gacela keniata, cruzó en cuatro zancadas la avenida Farkhana y dos instantes más tarde, a través del tráfico, le vi entrar en la Lavandería Moderna.

Pasaron diez minutos sin que Cidraque regresara. Al convertirse en veinte, empecé a intranquilizarme. Cuando hubo transcurrido media hora, me levanté y fui hasta la barra del bar, pedí una copa de anís y me la bebí de un trago. Tras aguantar la arcada que me vino a continuación, sentí que una oleada de determinación me subía desde el estómago. Pagué, aspiré hondo, salí, crucé la avenida.

Antes de llegar a la otra acera ya podía ver el interior de la lavandería a través del escaparate. Cidraque no estaba en ella.

## 5 *Lavandería Moderna*

Al abrir la puerta, el sonido de una campanilla atrajo desde el interior a un moro joven, no muy alto, de sonrisa breve y desconfiada. Me extrañó sobremanera que usara gafas, detalle verdaderamente inusual entre los de su raza. También su tono era engañosamente amable.

—Hola. ¿Qué deseas?

—Verás... Ocurre que traje la semana pasada un uniforme de faena y..., bueno, el caso es que he perdido el resguardo.

El muchacho me miró fijamente, impresionado seguramente por mi estudiada cara de panoli.

—Oh, vaya —dijo de pronto—. Eso problema, sí. Lavandería Moderna lugar serio, establecimiento serio. Siempre advertimos no perder resguardo. Si no resguardo, no ropa no.

—Ya, pero comprenderás que yo no puedo perder mi ropa por haber extraviado el resguardo. ¿Sabes lo que cuesta un uniforme de faena? No tengo dinero para comprar otro.

—Lo siento; según la norma, esperar tres meses y si nadie recoge uniforme, entonces, reclamar...

—¿Tres meses? ¿Qué estás diciendo?

—Es norma de Lavandería Moderna.

—¿Estás mal de la cabeza? ¡Que salga el dueño ahora mismo!

—No, dueño no está no.

Le miré fijamente, en silencio. Busqué en el recuerdo mis viejas clases de arte dramático. Aún permanecía el influjo del anís.

—¿Cómo te llamas?

—¿Quién, yo? Said. Said es mi nombre.

—Escúchame bien, Said, querido amigo. Estoy seguro de que la persona que me recomendó esta lavandería se sentirá defraudada si le digo que no me has atendido correctamente. Que no he podido retirar mi ropa, vaya. Incluso es posible que lo tome a mal... Y si tus jefes tienen un solo problema por tu culpa... ¡te veo volviendo a tu maldito país de una patada en el culo! ¿ Comprendes, Said?

Se me encogían las tripas al hablar así. Me repelía utilizar ese lenguaje que yo sabía habitual en la ciudad. Quizá por ello, ni siquiera estaba seguro de resultar convincente. Pero debí de serlo, porque la cara del moro se transformó en un instante.

—Bueno, bueno... ¿Usted tienes marca, señal, algo en uniforme para decir esto es mío?

—Llevo marcadas mis iniciales, A. C., en el interior del cuello de la *chupa* y en la cintura de los pantalones. Localízamela, anda...

—¿Qué día trajo usted uniforme a lavandería?

—¿Y yo qué sé? ¡Búscamelo y déjate de gaitas!

—Bueno, voy a mirar. Ahora espera usted aquí. Espera, ¿eh?

—Sí, sí. Espero.

—Y, conste, yo soy español. No maroquí yo, no. No maroquí.

—Conque español, ¿eh? ¡Venga...! ¿Sabes lo que significa «estrinque»?

Said parpadeó.

—¿Cómo?

—Estrinque: «maroma gruesa de esparto». Viene en el diccionario de la Real Academia de la Lengua. ¡Si fueras español, lo sabrías!

Me miró con la expresión de quien descubre al demonio al doblar una esquina en una noche oscura y, como un proyectil, se zambulló en la trastienda.

Con el vaivén de la puerta pude adivinar más que ver un amplio taller en el que se presentía cierto trasiego de personas y máquinas. Conté hasta diez y salté el mostrador.

Abrí la puerta apenas dos dedos y eché un nuevo vistazo al

interior. Bien. Nadie parecía mirar hacia donde me encontraba, así que, agachado, me colé dentro con la silenciosa agilidad de un felino salvaje. O eso pensé.

Mi primer escondite fue una montaña de sábanas sucias depositadas en el suelo, tres o cuatro pasos a la derecha de la puerta. Me deslicé entre ellas y proseguí desde allí mi observación. El olor de las sábanas era nauseabundo, pero no menos que el ambiente general de la sala, sofocante y húmedo como el de toda lavandería.

Instantes después abandoné mi montaña de sábanas y avancé hacia el fondo de la sala, oculto entre la pared y una fila de lavadoras en pleno funcionamiento. El ruido producido por las máquinas facilitaba mis movimientos, que no precisaban ser demasiado cuidadosos. Con un par de rápidas miradas sobre la marcha había podido establecer que, además de Said, no trabajaban allí más que tres mujeres de distintas edades, ataviadas con batas blancas. Eso me tranquilizó.

Por el contrario, no veía ni rastro de Cidraque.

Said, tras revisar los paquetes de una estantería, se dirigió de nuevo hacia la puerta de salida al mostrador, seguramente dispuesto a indicarme que mi uniforme no aparecía por ningún lado. Casi al instante regresó al taller como un ciclón, con los ojos centelleantes. Tras recorrer el local con la mirada, el joven musulmán se dirigió a toda prisa hacia donde yo me encontraba. Pensé que me había descubierto y me preparé a defenderme. Pero antes de llegar junto a mí se detuvo, buscó una argolla disimulada en el suelo y, tirando de ella, abrió una trampilla de considerables dimensiones, bajo la que apareció un tramo de escaleras de piedra. Se precipitó por ellas en dirección al sótano y pronto me llegaron retazos apagados de una conversación tensa y sincopada.

Me arrastré hasta el hueco dejado por la trampilla y, asomando la cabeza tan sólo lo justo, logré echar un vistazo rápido. Se trataba de un gran almacén casi vacío, en uno de cuyos rincones distinguí a Cidraque, atado a una silla y flanqueado por dos tipos de aspecto patibulario, que ahora atendían la verborrea gesticulante del moro.

Mi primer impulso fue el de salir corriendo. Y el segundo

también, si he de ser sincero. Pero al final debió de intervenir el lado heroico de mi subconsciente, ya que no sólo permanecí allí tumbado, mirando todo con ojos bien abiertos, sino que empecé a pergeñar la manera de sacar a Cidraque del atolladero. Por desgracia, los acontecimientos se sucedían a mayor velocidad que las ideas en mi cerebro.

Al siguiente vistazo, Said y uno de los tipos, un sujeto de gran parecido con Luis Folledo, se disponían a subir las escaleras. El corazón se me vino a la boca mientras corría a esconderme tras unos bidones de plástico negro apilados cerca de allí.

Los vi salir y, tras intercambiar unas frases, emprender la búsqueda por separado. Mi búsqueda. Estaba claro que no iban a tardar demasiado en dar conmigo, y quizá eso me hizo pensar con mayor rapidez de la habitual en mí.

Frente a mi escondite se alineaban tres lavadoras verdaderamente descomunales. Las mayores que he visto en mi vida. No exagero al decir que sus dimensiones multiplicaban por ocho las de una automática convencional. En una acción relámpago, entreabrí la puerta de carga de la más cercana y regresé a mi escondite.

Era un detalle demasiado evidente como para pasarlo por alto. En cuanto el tipo con pinta de aspirante al título de los pesos gallo acertó a pasar cerca de allí, se aproximó, extrañado, revólver en mano. Miró las puertas perfectamente cerradas de las otras dos lavadoras y luego la que yo había entreabierto. E incautamente se asomó al interior de la lavadora. Era mi oportunidad. Iba a durar un instante tan sólo y no podía echarla a perder. Salté sobre él y le embestí con todas mis fuerzas, introduciéndole hasta la cintura en el tambor de acero inoxidable. Al no poder echar las manos hacia adelante, se golpeó durísimamente con la cabeza en el fondo de la cuba y supongo que perdió el conocimiento durante unos instantes. No lo pensé dos veces. Le cogí por las corvas y lo introduje completamente en el interior de la máquina, cerrando a continuación la portezuela de cristal. Accioné los controles de la lavadora para que iniciase un programa para ropa delicada y pronto el sujeto se vio a remojo y dando vueltas, ora a la izquierda... ora a la derecha...

Uno menos. Ahora tenía que ocuparme de localizar a mi amigo Said.

Por desgracia, no fue necesario. Preparar la colada me había distraído más de la cuenta y, al darme la vuelta, le encontré apuntándome a la cabeza con un revólver. Al parecer, allí todo el mundo disponía de revólver menos yo. Me sentí en inferioridad de condiciones.

—¡Quieto! ¡Las manos arriba! —gritó el muchacho, sin perder su peculiar acento—. ¡Date la vuelta, apoya manos ahí y abrir piernas!

En un abrir y cerrar de ojos me encontré apoyado contra los bidones de plástico negro entre los que antes me escondía y vilmente cacheado por aquel hijo de Alá, el cual seguramente recordaba el tono despectivo que había utilizado con él apenas diez minutos antes. La cosa se me ponía más que difícil.

Pero a un palmo de mis narices encontré la solución. Unas etiquetas blancas y rojas advertían del contenido de los bidones de plástico y de las precauciones que requería su manipulación. Entonces supe qué hacer.

Mientras soportaba el cacheo, tanteé con la mano derecha el grifo del bidón más cercano. Cuando recibí del moro la orden de darme de nuevo la vuelta, actué instintivamente, sin pensarlo dos veces. Confiando en la suerte. Arranqué el grifo de un tirón y al mismo tiempo me eché a un lado, dejando que un chorro de lejía concentrada cayera sobre el infortunado Said, que aún realizó un par de disparos a tontas y a locas mientras gritaba como un poseso, al sentir sobre la piel la quemazón producida por la sosa cáustica.

Ya no tendría que preocuparme por él en un buen rato. Tardé unos segundos en orientarme de nuevo, pero al fin localicé la trampilla de bajada al sótano y corrí hacia ella. El tercer hombre, alertado por los disparos de Said, subía ya las escaleras. Justo en el momento en que su cabeza rebasaba el nivel del suelo, llegué yo. Aprovechando mi propia velocidad, salté con las piernas por delante sobre la trampilla de madera, que cayó violentísimamente contra la cabeza del sujeto. Le oí gritar y acto seguido rodar escaleras abajo. Cuando me asomé al sótano, yacía tendido en el suelo, al pie de la escalera.

—¡Eh! ¡Estoy aquí! —gritó Cidraque.

Seguía amarrado a la silla, de modo que bajé tan deprisa como pude y empecé a cortar sus ataduras con mi inseparable navaja suiza.

—Chico, qué alegría me da verte de nuevo —exclamó él—. Dime: ¿tú solito has organizado todo este follón?

—Déjate de bobadas y vámonos de aquí echando virutas.

Ya junto a la puerta, justo antes de salir a la calle, Cidraque me retuvo, cogiéndome del brazo.

—Espera. Primero, serénate un poco. Cuanto menos llamemos la atención a partir de ahora, mejor que mejor. Nada de correr. ¿De acuerdo?

—Bien. Pero vámonos de aquí de una vez.

—Y otra cosa... Desde ahora, considérate mi héroe favorito.

—Muy reconocido. Pero te advierto que en los últimos diez minutos he malgastado mi cupo de arrojo, ardor y valentía de los próximos dos años, así que no esperes de mí ni una heroicidad más. Si un niño de diez años nos amenaza con un tirachinas, le entregaré sin rechistar hasta los cordones de las botas.

Salimos de la Lavandería Moderna y caminamos a buen paso, avenida Farkhana abajo. Enseguida vimos aproximarse un autobús de la línea Farkhana-Plaza de España, servida por unos antiguos y encantadores vehículos londinenses de dos pisos, con el superior descubierto. Corrimos hacia la parada más próxima y montamos en él. De inmediato, a través de la peculiar escalera de caracol, accedimos al segundo piso, que se encontraba totalmente libre de viajeros. Cuando tomamos asiento, Cidraque, aunque pálido como la cera, parecía eufórico. A mí, por el contrario, no me llegaba la camisa al cuerpo y el castañeteo de mis dientes semejaba el sonido de un teletipo.

—No te quejarás —bromeó—. Esta vez sí hemos conseguido meternos en un buen lío.

—¿De qué hablas? —repliqué—. A fin de cuentas, tú no eres más que una víctima. Yo sí que estoy en un lío. Le he roto el cráneo a un tipo, he rociado con lejía a otro y he dejado a un tercero encerrado en una lavadora en marcha.

—¿Que has hecho qué? —preguntó Cidraque entre carcajadas.

—Lo que oyes.

—¡Ostras mandarina! ¿No la habrás puesto a centrifugar?

—No. Prelavado con agua fría.

—Ah, bueno... Tranquilo entonces. Ni siquiera hay peligro de que encoja.

Aunque mi sentido del humor estaba bloqueado por completo, agradecí la broma de Cidraque por lo que tenía de muestra de solidaridad.

En el minuto siguiente el cuello se me quedó rígido y las mandíbulas se me encajaron de tal modo que sólo podía respirar por la nariz. Con un supremo esfuerzo de voluntad, logré relajarme levemente, y entonces me sentí invadido por un cansancio infinito.

—Estoy hecho fosfatina —comenté—. No podría bailar una polca ni aunque mi vida dependiese de ello.

—Ah, pero ¿tú sabes bailar la polca?

—Claro que no. Por eso digo que no podría bailar una ni aunque mi vida dependiese de ello.

Un minuto después comprendí lo equivocado que estaba.

—¡Oh, no! Más problemas —exclamó Cidraque de repente.

—¿Qué? ¿Qué pasa? —pregunté, sin lograr imaginar qué más desgracias podían cernirse sobre nosotros.

—Nos siguen.

—¿Qué? ¿Quién?

—Ese Mercedes rojo con dos tipos.

—¿Estás seguro?

Pronto lo estuvimos. El último tramo de la avenida era un carril «sólo bus», y cuando el coche tuvo que desviarse obligatoriamente a la derecha, el hombre que ocupaba el asiento del acompañante se apeó y, echando a correr, logró darnos alcance.

Cidraque lanzó un gruñido mientras se arqueaba sobre la barandilla en un intento de observar el piso inferior.

—Se ha sentado abajo. ¡Maldita sea...!

Cidraque frunció el entrecejo y se preparó para hacer una de las suyas. Se puso en pie y cuando el autobús se acercó a la acera para detenerse en la siguiente parada, tomó carrerilla y, ante mi estupor, saltó sobre la copa de una acacia cercana. Por puro milagro no dio con sus huesos en el suelo, pero, en última instancia, logró sujetarse a una rama lo bastante gruesa como para soportar su peso.

—¿Qué haces? —le grité, atónito—. ¿Te has vuelto loco?

Medio oculto entre el follaje, Cidraque me hacía gestos para que le siguiera.

—¡Vamos, salta! ¡Es la única forma de apearnos sin que nos vea el tipo ese!

Esta vez estuve imperdonablemente lento de reflejos. Cuando me decidí, el autobús ya arrancaba y el árbol quedó fuera de mi alcance.

Mientras me alejaba, pude ver a Cidraque descendiendo hasta el suelo, rodeado de una verdadera nube de curiosos, quienes, quizá creyéndole miembro de una *troupe* de volatineros húngaros en gira por África, premiaron su arriesgada acrobacia con un fuerte aplauso y algunas monedas.

## *6 Soledad, 6*

Ahora era yo el que estaba en un apuro. Casi sin darme cuenta, llegamos a la plaza de España. Fin de trayecto. Bajé la escalera de caracol y salté a tierra. El hombre del Mercedes ya se había apeado y me observaba desde la siguiente esquina. Pude ver su expresión de desconcierto al comprobar que mi compañero se había esfumado como por encanto. Luego, comenzó a seguirme, torpe pero implacablemente.

Reconozco que consiguió ponerme nervioso. De no ser así, no me explico mi reacción, en los límites de lo estúpido. Posiblemente me habría bastado pasear por las calles más céntricas de Melilla para no correr el menor peligro, pero quizá de un modo inconsciente, todavía confuso por el alcance que pudiera tener el incidente de la lavandería, busqué salir a la dársena del puerto, quizá anhelando el horizonte. Y de allí, inevitablemente, me encaramé a la ciudad vieja a través de la puerta de la Marina.

Entonces me pareció una gran idea. En el laberinto de calles y callejones sería fácil despistarle, pensé.

Fue un error. Al cabo de unos minutos sentí que me invadía una desazón insuperable. No se veía un alma por ningún lado y, al perder de vista a mi perseguidor, temía toparme con él a la vuelta de cada esquina. Mis propios pasos, resonando en el empedrado y en los muros, acabaron por desorientarme hasta hacerme perder el resuello, hasta dejarme indefenso.

En medio de semejante ansiedad, entre lo que quizá fueran los últimos destellos de cordura, logré al fin tomar una decisión acertada. Tras hacer memoria, me encaminé como un poseso hacia la calle de la Soledad. Una vez en ella, busqué el número seis.

La puerta estaba abierta. Apenas traspasé el umbral, me lancé a toda velocidad escaleras arriba. ¿Segundo? No. Tercero. Eso era: tercero. Tercero izquierda. No, no, no: derecha. ¡Maldita sea...! Por suerte, al llegar a la tercera planta, comprobé que sobre la puerta de la derecha, en una placa dorada, se leía: «H. Trullenque». De modo que llamé a la izquierda. Con insistencia.

Me sentí observado a través de la mirilla. Unos segundos después, Elisa Contreras abrió la puerta con una expresión de infinita sorpresa dibujada en el rostro.

—Hola, Elisa —jadeé—. ¿Puedo pasar? Hay un tipo que me viene pisando los talones.

—No me digas.

Su tono era todo escepticismo.

—En serio. Por favor, déjame entrar.

Aún dudó unos instantes. Luego, sonrió y me franqueó el paso.

Cuando cerró la puerta tras de mí, permanecimos mirándonos a los ojos durante largo rato. Ella iba sin pintar y vestía una especie de pijama de raso blanco, de pantalón cortísimo. De repente caí en la cuenta de que era mucho más joven y aún más atractiva de lo que hasta entonces yo había pensado.

—Lo... lo siento, Elisa —dije, tras recuperar la respiración—. Supongo que no he hecho bien en venir aquí, pero estaba asustado, conseguí recordar tu dirección... Quiero decir, la de tu marido; la tengo en la oficina, junto con la de los otros mandos de la compañía y... bueno, también recordé que él está de capitán de cuartel y que... que eres la única amiga que tengo en Melilla.

Aún no había terminado de hablar, cuando Elisa vino hacia mí y me abrazó. Nos abrazamos. Fuerte. Intensamente.

Supongo que siempre me quedará la duda de si hubiera podido acostarme con Elisa de haberlo pretendido. Pero ni ella me dio pie a averiguarlo ni yo pensé siquiera por un momento en poner en peligro aquel torrente de afecto que había surgido insospechadamente entre los dos.

Durante dos horas maravillosas —las mejores que recuerdo en aquellos quince meses— nos contamos la vida en torno a una taza de café común. Pasados los primeros veinte minutos, empecé a tener la sensación de que nos conocíamos de siempre y que nuestra visión de lo divino y de lo humano, del mundo y de la vida, era una y la misma. Tan sólo un rato después ya intercambiábamos anhelos y esperanzas imposibles. Como si tal cosa.

Nunca lo olvidaré. Jamás me he sentido tan cerca de una persona como de ella aquella tarde. Habría hecho, o renunciado, o arriesgado cualquier cosa por ella. De no haber estado en Melilla, quizá le habría propuesto huir juntos lejos, muy lejos y para siempre. Pero en Melilla no hay a donde ir. No es posible escapar de Melilla.

Casi sin darme cuenta, llegó la hora de marcharme. En Regulares, el corneta de guardia estaría a punto de tocar retreta.

—Me gustaría quedarme. Me gustaría quedarme toda la noche. Esta noche y todas las noches. Pero no es posible, ya sabes. Lo siento, Elisa.

—Yo también lo siento. De veras.

Me acompañó hasta la puerta y allí nos abrazamos de nuevo. Nos besamos.

—Volveremos a vernos, ¿no?

—Eso depende. ¿Cuánta mili te queda, soldadito?

—Cabo, Elisa. Soy cabo. Y me quedan aún tres meses.

—Entonces, lo veo difícil. Pasado mañana mi marido y yo salimos hacia Chafarinas. Ya sabes que allí los turnos son de cuatro meses. Cuando regresemos, tú ya serás libre.

Chafarinas. Once meses sin mencionarlas y hoy aparecían por todas partes. ¿Casualidad? Recordé lo que Cidraque pensaba de las casualidades y tuve un mal presagio.

—¿Libre, dices? Yo no volveré a ser libre mientras no lo seas tú, Elisa.

—Pues lo llevas claro...

Un minuto después, mientras bajaba las escaleras de la casa, sentía que me faltaba el aire. Que me lloraban los ojos y que la garganta, hecha un nudo, me dolía insoportablemente.

En el rellano del primer piso me detuve. Ahora tenía esa incómoda sensación del que sale de casa sabiendo que olvida algo, pero sin poder precisar qué. Reemprendí la marcha lentamente, pero antes de llegar al portal la sospecha de que estaba pasando por alto un detalle importante se había vuelto insoportable. Repasé mentalmente los últimos minutos con Elisa. Sus frases, las mías... Sus gestos... Nada.

Estaba a punto de rendirme cuando lo vi, como un destello.

Me lancé escaleras arriba.

—¿Qué ocurre? —preguntó Elisa al abrir la puerta—. ¿Otra vez te persiguen?

Sin siquiera contestarle, irrumpí en el vestíbulo de la vivienda y eché una mirada a mi alrededor. ¡Allí estaba! En un rincón, colgando de un perchero, se balanceaba el detalle que había hecho sonar la alarma en mi cabeza.

—¿Qué es eso?

Elisa me miró como si me hubiese vuelto loco.

—¿Eso? Son... uniformes de mi marido. Los han traído del tinte esta tarde. Ya te he dicho que pasado mañana nos vamos a Chafarinas.

En efecto, no eran más que eso: uniformes limpios. Pero los sacos guardarropa de plástico que los envolvían tenían el membrete de la Lavandería Moderna.

—¿Envías la ropa sucia a una lavandería... de la avenida Farkhana?

—Pues... sí. Ya sé que pilla un poco lejos, pero como el negocio es de mi marido, merece la pena...

—¿Que tu marido es el dueño de la Lavandería Moderna? —le corté.

—Sí. Bueno, sólo del cincuenta por ciento, en realidad. El negocio lo lleva a medias con Sebastián Gayarre.

—El... capitán Gayarre, claro.

—Sí. Se conocían ya de antes, de la Academia de Zaragoza, creo. Al poco de llegar aquí, a Melilla, se asociaron. Por cierto, que lo hizo en contra de mi opinión. Yo siempre le recomendé que no se juntara con ese tipo.

—¿No te cae bien Gayarre?

—Como una patada en las tripas.

—Pues ya somos dos —repliqué, divertido.

—Y conste —añadió Elisa— que no tengo nada en contra de los maricas, pero, la verdad, me fastidia que la gente pueda pensar que Arnaldo y él..., en fin, ya me entiendes. Porque mi marido será lo que sea, pero es un hombre como Dios manda.

Estuve a punto de atragantarme.

—Un momento, un momento... ¿Me estás diciendo que el capitán Gayarre es... homosexual?

Elisa me dedicó una sonrisa atónita.

—Pues claro. Maricón perdido, vaya. ¡No me digas que te enteras ahora! —exclamó, echándose a reír—. ¡Y yo que pensaba que estas cosas en los cuarteles siempre se sabían!

Tuve que hacer un gran esfuerzo para disimular el imparable burbujeo que sentí ante aquel descubrimiento.

—Y, por curiosidad..., ¿qué tal les va el negocio?

—Estupendamente, la verdad. Nunca habría pensado que una lavandería pudiera rendir tanto. Yo diría que ganan más con ella que con su sueldo de capitán.

Sonreí para mis adentros.

—No me cabe duda. No sabes la de suciedad que he visto desde que llegué a Melilla.

CUANDO REGRESÉ AL GRUPO encontré a Cidraque, perdidamente nervioso, esperándome junto a la barrera.

—¿Dónde te habías metido, insensato? —bramó apenas me tuvo a la vista—. Llevo más de dos horas esperándote. A punto he estado de dar parte de deserción a la «peeme» para que salieran en tu busca. ¿Qué pasó con los tipos del Mercedes? ¿Conseguiste darles esquinazo? ¡Contesta, hombre!

Yo no podía dejar de sonreír.

—Luego te lo cuento todo. Ahora, vamos a formar, que ya han tocado retreta.

Una hora más tarde, en la oficina, al poner a Cidraque al corriente de mis recientes descubrimientos, comprobé con cierto fastidio que no le causaban demasiada sorpresa, aunque, por otro lado, sí pareció otorgarles una enorme importancia.

—¿Puedes decirme quién es tu fuente de información? —preguntó muy, muy serio.

Negué con la cabeza, dando a entender que por ahí no pasaba.

—De acuerdo. Dime al menos si es de fiar.

—Al ciento por ciento.

—Por supuesto —dijo tras una breve pausa—. No sé por qué lo pregunto. Tiene que ser así, ya que tus datos encajan a la perfección con lo que ya sabemos, incluido el asunto del dinero.

—¿Qué dinero?

Cidraque puso cara de infinita desolación.

—¿Cómo? ¿No te he dicho lo del dinero?

—No, Cidraque; no me has dicho nada de ningún dinero —resoplé fastidiadísimo—. Supongo que no será nada importante.

—Hombre... Según se mire. Verás... ¡Ejem! Esta mañana, después de pasar por el hospital, acompañé a Victoria a retirar los fondos de una libreta de ahorros que hallamos entre las cosas de su hermano. No le había prestado mucha atención porque el saldo que figuraba en ella era de poco más de ocho mil pesetas y, aunque la última anotación era de febrero pasado, nadie habría imaginado...

—Al grano, por tu madre.

—Bien... El caso es que cuando en el banco pusieron la libreta al día, casi nos caemos los dos de culo allí mismo. Villalba tenía en su cuenta más de cuatrocientas mil pesetas. ¿Qué te parece?

—Pasmoso. Pero ¿qué significa?

Cidraque sonrió malévolamente y movió la mano en señal de despedida, mientras se dirigía a la puerta

—¿Adónde vas? —grité—. ¡No pensarás dejarme así!

—Naturalmente. Ahora ya tienes todos los datos. Dale unas cuantas vueltas esta noche. Fabrica una buena teoría. O dos. Mañana las contrastaremos con la que yo tengo. Que, por cierto, es la buena.

—¡Pero...! ¡No puedes hacerme esto! ¡No pegaré ojo en toda la noche!

—Justo castigo a tu perversidad —dijo riendo—. Al fin y al cabo, no has hecho otra cosa que humillarme desde que empezó este asunto.

—¿Qué dices?

—Sí, hombre, sí. Haz memoria. Mientras yo me pateaba la Cañada de la Muerte sin conseguir nada, tu amigo Hassán te proporcionaba la información que yo buscaba sin moverte de la terraza del Rey Heredia. Cuando buscamos una relación entre Gayarre y Contreras, hallas la manera de tomar por asalto los archivos de Mayoría y luego das con la clave: las islas Chafarinas. Yo pretendo averiguar quién se oculta tras el negocio de la lavandería de Farkhana, y si no es por ti, igual estoy ahora en el fondo del puerto con zapatos de cemento. Y apenas dos horas después te presentas con la información que yo no pude conseguir y con el dato importantísimo de la mariconez de Gayarre, cosa que encaja a la perfección con el resto de las piezas del rompecabezas. Chico, si es que no has hecho otra cosa que pisotear mi orgullo. Deja, al menos, que te haga pasar una noche en blanco, ¿de acuerdo?

—Está bien —concedí, medio furioso, medio halagado—. Pero mañana, a la hora del café, quiero la solución.

—Sí, hombre, sí. La solución, mañana —afirmó Cidraque poniendo carita de calendario.

# *Viernes de Dolores*

## *1 Funeral*

AQUELLA mañana, el brigada Marmolejo y yo fuimos de entierro.

Los familiares de Moliner, localizados al fin, no quisieron hacerse cargo del cadáver, que fue enterrado por cuenta del Estado en el cementerio de la Purísima.

Acudí al funeral con la secreta esperanza de descubrir allí alguna nueva pista que me permitiese avanzar en la investigación a la que Cidraque me había desafiado. Fue inútil. Ningún personaje inesperado apareció en el funeral y yo regresé al grupo con la mente aún más confusa de lo que la tenía la noche anterior.

## *2 Barrigazos*

Cidraque, por una vez, había pasado la mañana dando barrigazos [1] en Rostrogordo, lo cual, debo reconocerlo, me pro-

[1] Dar o pegar barrigazos: en argot, realizar el ejercicio de «cuerpo a tierra». El auténtico barrigazo es el que se lleva a cabo en plena carrera para pasar, en el combate, de una posición a otra más avanzada.

dujo una íntima satisfacción, cercana a la que se desprende de una venganza a tiempo.

Cuando regresó al cuartel, poco después de que yo lo hiciera, presentaba un lamentable aspecto, cubierto de polvo de pies a cabeza, maltrecho por esfuerzos a los que no estaba acostumbrado. Medio histérico.

—¿Dónde te habías metido, mal amigo? —me gritó, apenas nos echó la vista encima, con los ojos inyectados en sangre.

—¿Quién, yo?

—Sí, tú. ¿Dónde estabas en lugar de aquí, en tu puesto, ofreciéndome tu segura protección?

—Pero...

—¡Ni pero ni leches! Para una vez que necesito que me eches una mano, que me busques un escaqueo fino, el señor se ha marchado Dios sabe dónde.

—¿Y qué?

—¿Cómo que y qué? Pues que aparece de repente el subteniente Álvarez dando voces, diciendo que el cabo de su sección está rebajado con colitis; me echa la vista encima, me pone un cetme entre las manos y se me lleva a Rostrogordo con la SERECO [1].

—A saber lo que estarías haciendo para que se fijase en ti el subteniente Álvarez.

—¡Nada! Me había tumbado un momento en la litera, eso es todo. ¡Pensaba que ya no quedaban mandos en el cuartel!

—¿Cómo se te ocurre estar haciendo *nada*? Chico, con lo espabilado que pareces en ocasiones...

—¡No, si aún tendré yo la culpa! Lo que tenían que hacer era jubilar a Álvarez de una puñetera vez. ¡Es un anciano paranoico! Para empezar, hemos subido hasta Rostrogordo a paso ligero. ¡Creía que me daba un colapso cardiaco! Y una vez allí... ¡bueno! Voy a tener pesadillas durante meses enteros. He tenido que rebozarme en el polvo, arrojarme en plancha sobre matas de car-

---

[1] SERECO: Sección de Reconocimiento. Formada por los hombres más aguerridos, tiene como misión la de marchar por delante del grueso de la tropa, explorando el terreno desconocido.

dos, reptar sobre pedregales... ¡Hasta pegar tiros! Sí, sí, no te asombres. Esta mañana he estado pegando tiros. Y lo más asombroso es que esa pobre gente que va con Álvarez hace esto cada día. ¿Lo oyes? ¡Cada día durante toda la mili!

—Naturalmente. ¿Qué te pensabas? Los Regulares son la crema de la crema de la Infantería española. Una temible fuerza de choque. No pensarás que eso se consigue con gente como tú o yo.

—Pues, fuera de bromas, encuentro este método erróneo y contraproducente —declamó Cidraque con aire docto y fastidiado—. Semejantes palizas diarias no pueden conducir sino al desmoronamiento físico del combatiente. Estoy seguro de que, en caso de emergencia, si se llegase a declarar un conflicto, ¡pero uno de verdad, ojo!, yo sería capaz de correr más rápido y durante más tiempo que el mejor de los hombres del subteniente Álvarez.

—¡Hombre! Si se tratase de huir del enemigo, no lo dudo.

Cidraque me miró con sorpresa.

—Por supuesto. ¿Qué otra cosa puede hacerse en caso de conflicto? ¿O es que pretendes que cale la bayoneta y me lance a destripar moros?

—No, no... faltaría más.

—Si quieren héroes, que envíen a los *lejías* [1], que para eso cobran un sueldo como Dios manda —bramó Cidraque—. Por dos mil pesetas al mes, a lo único que me comprometo es a intentar que no me liquiden. ¡Estaría bueno!

Con cada uno de sus iracundos movimientos, Cidraque hacía salir de su uniforme nubecillas de polvo de Rostrogordo que me estaban poniendo perdido el suelo de la oficina.

—Anda, entrega el armamento y vamos a comer, que se hace tarde —le aconsejé.

—Desde luego. ¡No sabes las ganas que tengo de deshacerme de esto! Pero ¿es que no lo ves? ¡Hasta casco me han dado!

---

[1] *Lejía:* en argot, legionario.

¡Y de los antiguos! ¡Si parezco un superviviente de Stalingrado! ¡Mecagüen mi estampa...!

## 3 *Hipótesis*

Después de comer tan opíparamente como de costumbre, instalados ya en plena sobremesa, mientras el café con hielo nos aceleraba las pulsaciones y los termómetros se estiraban hasta marcar, un día más, la máxima nacional, eché la llave de la puerta de la oficina y me la guardé ostentosamente en el bolsillo.

—¿Qué haces? —preguntó Cidraque.

—Me aseguro de que no salgas de aquí hasta que me expliques todo lo que dejaste pendiente anoche.

—¿Todo?

—Absolutamente todo.

Se sentó en mi silla, se reclinó hacia atrás, guardando el equilibrio sobre las patas traseras, y apoyó los pies sobre la mesa.

—De modo que no has conseguido atar cabos, ¿eh? —dijo, exhibiendo una asquerosa sonrisa.

—No —admití con infinito fastidio.

—Está bien. No te haré sufrir más —concedió—. ¿Por dónde empezamos?

—Por el principio, naturalmente.

Cidraque tomó un largo sorbo de su café con hielo.

—De acuerdo. Vayamos por partes: por un lado, sabemos que Contreras y Gayarre, formando sociedad, controlan el mercado de la droga dura en Melilla y que su centro de operaciones es la Lavandería Moderna. ¿Correcto?

—Correcto.

—Por otro lado, conocemos ahora las tendencias homosexuales, tanto de Gayarre como de Villalba, cuyos caminos se cruzaron trágicamente el pasado martes por la noche. ¿Casualidad? Desde luego que no. Ya sabes lo que opino de las casualidades.

—¿Quieres decir... que Gayarre mantenía con Villalba algún

tipo de relación homosexual y que ésa fue la causa de que le matara? ¿Por celos quizá? Tengo entendido que entre esa gente estas cosas se toman muy a la tremenda.

Cidraque rió abiertamente.

—¿Celos? —exclamó—. ¿Qué dices? No, hombre, no. Estamos hablando de personas civilizadas, no de modistos mariconas que se apuñalan con las tijeras en un arrebato. La clave, creo yo, está en el dinero que encontramos ingresado en la libreta de Villalba.

Se me hizo la luz.

—Ya entiendo. ¡Villalba chantajeaba a Gayarre!

—Por ahí tiene que ir la cosa, sí. Demos por hecho que el guaperas de Villalba se había convertido en el discreto amiguito del capitán Gayarre a cambio de algo de dinero, de disfrutar de una mili cómoda y, por supuesto, de cuanta heroína pudiera necesitar. No olvides que Villalba era un *yonki* veterano, y Gayarre el rey de la droga en Melilla.

—Cierto. Un matrimonio perfecto.

—Hasta que Villalba se da cuenta de que la mili no va a durar siempre y decide sacar el máximo provecho del tiempo que le queda. Seguramente bajo la amenaza de divulgar los inconfesables extravíos sexuales de su capitán, le exige un incremento de sus honorarios. Y después, otro. Y otro... Así sobrepasa, sin darse cuenta, el límite de lo prudente.

—Es entonces cuando Gayarre decide cargarse a Villalba.

—Exacto. Pero no de la manera en que por fin lo hizo.

—¡Ah! ¿No?

—En un principio idea un método sencillo y sofisticado a un tiempo: prepara para Villalba una dosis de heroína purísima que adultera, además, con todos los venenos que encuentra a mano. Sólo tiene que esperar. Cuando Villalba se la meta en las venas, obtendrá un crimen casi perfecto, donde es la propia víctima la que empuña el arma asesina y que, además, proporciona un cadáver poco simpático. Un muerto por sobredosis no mueve a compasión. Quien más quien menos piensa: «Se lo tenía merecido». Las investigaciones no se toman muy en serio. Todo parece claro y evidente. Sobredosis, droga adulterada..., lo mismo da. Total, una escoria menos en el mundo.

Cidraque se había puesto en pie. Ahora empezó a gesticular teatralmente en apoyo de sus explicaciones.

—Pero Villalba hace algo inesperado. Quizá porque sospecha de Gayarre, o tal vez para hacer un buen negocio en un momento en que la heroína escasea en Melilla, le traspasa la droga envenenada a Júdez. Y para acabar de enredar la madeja, Júdez, que tiene deudas con Jesús Moliner, decide quedar en paz con él haciéndole llegar unas dosis al calabozo. ¿Me sigues?

¡Que si le seguía! Conforme Cidraque iba incorporando a su teoría más y más acontecimientos, yo notaba cómo se me iba encogiendo el estómago.

—Para terminar de liarlo todo, la heroína adulterada por Gayarre no resultó inmediatamente mortal, como él pensaba, sino que provocó en Júdez y Moliner los desagradables efectos que tú y yo tuvimos ocasión de comprobar el pasado domingo.

Me gustase o no, la historia de Cidraque encajaba en nuestros datos como una llave en su cerradura. Tanto, que yo mismo la completé con facilidad:

—Villalba tuvo que caer rápidamente en la cuenta de que las muertes de Júdez y Moliner, en realidad, deberían haber sido la suya propia. Sabe entonces con toda certeza que Gayarre va a por él e intuye que aprovechará la guardia del martes para intentarlo de nuevo. Desesperado, trata de que Adolfo le cambie el servicio, pero no se atreve a explicarle los motivos de su petición.

—Ése fue su error —comentó Cidraque, lacónico—. De haber contado lo que ocurría, seguramente seguiría vivo.

—Tal vez pensó que nadie le creería —comenté—. Era su palabra contra la de un capitán.

—¡Es igual! Aunque nadie le hubiese creído, al hacer circular su historia habría atado a Gayarre de pies y manos. No es tan estúpido como para haberle matado entonces, pues eso sí que le habría puesto en evidencia. Pero Villalba no supo jugar sus cartas. Aunque también es posible que decidiera arriesgar el todo por el todo. Al fin y al cabo, durante la guardia tendría un fusil entre las manos y eso le concedía, al menos, una oportunidad.

—Y, sin embargo, sus disparos se convirtieron en la coartada perfecta para su asesino.

—Así fue. Gayarre podrá ser un indeseable, pero no cabe duda de que fue inteligente y derrochó sangre fía. Necesitaba que Villalba disparase primero y dejó que lo hiciera. Y no una vez, sino dos. Por supuesto que tenía mucho a su favor: el nerviosismo de Villalba, la iluminación, su propia habilidad como tirador... Pero se la jugó. Y ganó.

Nos miramos en silencio.

Estuve a punto de felicitar a Cidraque. Su teoría era tan sólida que sólo podía responder a la verdad. Si hubiera tenido que apostar mi vida, lo habría hecho a que todo ocurrió tal y como él acababa de aventurar.

—Sólo hay algo que no entiendo —puntualicé—. Si Contreras es el socio de Gayarre, ¿por qué te sacó del calabozo para que investigaras las muertes de Júdez y Moliner?

Cidraque abrió los brazos, como dando a entender lo evidente de la respuesta.

—A juzgar por su actitud, parece claro que Contreras se precipitó. Ante las muertes de Júdez y Moliner, seguramente pensó, como muchos, que circulaba por Melilla una partida de heroína adulterada, con el consiguiente peligro que eso representaba para su negocio. Así que decidió intentar averiguar su procedencia. Cuando su socio le contó la verdad tras matar a Villalba, se percató de su metedura de pata y me retiró del caso sin más explicaciones.

Correcto. Hasta el último detalle.

—¿Y ahora?

Cidraque se abrillantó distraídamente las uñas en el delantero de la camisa.

—Ahora que sabemos lo que ocurrió, necesitamos pruebas.

—¿Crees que podrás conseguirlas?

—No lo sé. Pero la ocasión la pintan calva. Mañana se va Contreras a las Chafarinas. Gayarre se queda solo y todavía ha de pasar varios días ingresado en el hospital donde, no te olvides del detalle, contamos con Antón Sau como aliado. Con su ayuda, tal vez encontremos la manera de apretarle las clavijas a ese asqueroso. Y a ver qué pasa. Lo ideal, claro, sería una confesión en toda regla.

—Desde luego. Pero lo veo difícil.

cheras de distinto grado. Las órdenes del suboficial de semana. La cantinela del furriel repartiendo los servicios para el día siguiente, dejando un rastro de alivio o de desolación, según el caso. Y, por último, esa orden de ¡rompan filas!, contestada por la tropa con un unánime y rotundo ¡aire!, seguido por la desbandada general en busca del catre.

Esa noche, mientras bajábamos las escaleras del patio sur camino de esa última formación del día, acompañados por un toque de corneta de auténtico virtuoso, Cidraque me dio un codazo.

—¿Qué hace aquí el brigada a estas horas? —preguntó.

En efecto, el brigada Marmolejo caminaba junto al sargento primero Monedero hacia el lugar habitual de nuestra compañía.

—No lo sé. Es extraño, sí.

Y si extraña fue la presencia del brigada, aún más misteriosa resultó su tarea.

Cuando Adolfo terminó de leer los servicios del día siguiente, Marmolejo tomó la palabra.

—Atentos... Los que nombre ahora, que pasen por la oficina a hablar conmigo en cuanto se rompan filas: Movedilla Luján, Luis.

—¡Sente...!

—Huestes García, José.

—¡Presenteee!

—Cidraque Andorra, Álvaro.

—Presente —respondió Cidraque con voz desconfiada, tras dejar transcurrir un par de segundos.

Mientras el sargento primero Monedero me daba la lista con los ausentes, para confeccionar el parte de retreta, el brigada Marmolejo entró en la oficina, seguido por Huestes, Cidraque y Movedilla. Los tres llevaban la inquietud pintada en el rostro. Pero ni por lo más remoto podían figurarse lo que les esperaba.

El brigada, serio como un ajo, se encaró con ellos en cuanto cerraron la puerta.

—Mañana os vais los tres a Chafarinas —les anunció sin más preámbulos.

Se quedaron de una pieza. Huestes y Movedilla estuvieron a punto de venirse abajo. Sólo Cidraque pareció no acusar el golpe, y hasta fue el único que acertó a hablar.

—¿Mañana? —preguntó—. Pero si mañana es sábado...

—El barco sale todos los días uno y quince de cada mes, sin importar en qué caigan.

—Pero, ¿así, sin previo aviso?

—Faltan casi doce horas para que salga el barco. Sólo tienes que hacer el petate. ¿O es que quieres redactar testamento antes de irte?

—Quizá no fuese mala idea.

—Menos guasa, Cidraque. Pasad ahora por furrielería y se os darán dos petates. Uno, para que os llevéis las cosas que vayáis a necesitar. Lo demás, metedlo en el otro y se os guardará hasta el regreso. Quiero que las taquillas queden completamente vacías. Entregad también las sábanas. Allí se os dará ropa de cama limpia. Mañana, en cuanto paséis la lista de diana, dedicaos a preparar la marcha. Presentaos a las nueve y media en punto en el cuerpo de guardia norte. El conductor de servicio os llevará al puerto. ¿Alguna pregunta?

Fue de nuevo Cidraque quien habló:

—¿Sabe para cuánto tiempo vamos?

—No. Allí el mínimo son quince días y el máximo cuatro meses. De vuestro caso concreto no sé nada. ¿Alguna otra cosa?

Al no haber más preguntas, el brigada dio por terminada la reunión. Pero sólo Huestes y Movedilla salieron de la oficina. Cidraque permaneció.

—¿Quién ha ordenado esto, mi brigada?

—No lo sé, Cidraque. La orden viene de la oficina del tabor. Yo me limito a transmitir el mensaje.

—¿Sabe lo que ocurría en la antigua Grecia, mi brigada? Si traía malas noticias, el rey hacía matar al mensajero.

El brigada se acercó a Cidraque y le puso una mano en el hombro.

—Cidraque... A ver si te voy a tener que atizar...

see un magnífico aeropuerto al que llegan vuelos diarios desde Marsella, que se encuentra a menos de dos horas de avión.

Ahora sí, se me encendió de nuevo la lucecita.

—¿Marsella dices?

—Eso es: uno de los centros europeos del tráfico de drogas, por si no habías caído.

Se me aceleró el pulso al entrever lo que Cidraque trataba de decirme.

—¿Acaso insinúas... que Gayarre y Contreras podrían comprar su mercancía directamente a traficantes marselleses?

—¿Por qué no? Doy por seguro que nuestros dos capitanes mueven gran parte de la heroína que se consume en Melilla, y si sólo se aprovisionan cuando uno de ellos viene aquí, esto es, una o, como máximo, dos veces al año, sus pedidos tienen que ser, indudablemente, importantes. Lo bastante importantes como para justificar en cada caso un viaje ex profeso Marsella-Chafarinas, vía Orán.

Aquella sencilla deducción me dejó absolutamente anonadado. De repente caí en la cuenta del desmesurado tamaño de nuestro enemigo. No teníamos enfrente a un par de militares listillos que habían encontrado una fuente de ingresos suplementaria. Estábamos incordiando al sindicato del crimen organizado en persona.

Inmediatamente imaginé mi funeral.

Afortunadamente, el toque de fajina acudió en mi ayuda.

Echamos a andar despacio, camino del comedor. Pese a que las nubes ocultaban por completo el sol, el calor era sofocante, húmedo, picante, apoyado por una brisa tórrida del sur.

Siguiendo su costumbre, Cidraque se detuvo tras dar una docena de pasos.

—¿Sabes en qué noto que estoy en lo cierto, que mis deducciones van por el buen camino? En que estoy muerto de miedo...

Una nueva tormenta se estaba gestando, sin duda. Sólo de pensar en el viaje de vuelta, me eché a temblar.

## 3 *Imprevistos*

En comparación con el comedor del grupo en Melilla, el de Chafarinas tenía un aire casi intimista. La sensación de histeria colectiva que producen mil doscientas personas peleando verbalmente de diez en diez por conseguir el mejor filete de la bandeja queda aceptablemente amortiguada cuando el número de comensales se reduce a la décima parte y se les acomoda en mesas de cuatro plazas.

Cidraque y yo compartimos la nuestra con León, el oficinista, y con el furriel de la guarnición, un fornido y rubicundo muchachote, prototipo del vasco de vascas raíces hundidas en la noche vasca de los tiempos. Jon Bereciartúa se llamaba, aunque todos le decían Bereci.

La hora de la comida trajo consigo una inesperada sorpresa.

—¡Atención, por favor! ¡Prestadme atención!

El brigada de la oficina acababa de entrar al comedor megáfono en mano y, ante nuestra estupefacción, se había subido encima de una silla, desde donde trataba de hacerse oír.

—¡Escuchadme todos! ¡Especialmente los que deberían dejar la isla esta tarde! El *Virgen de África* ha sufrido una ligera avería en el viaje de esta mañana. No es nada grave y podría navegar sin demasiados problemas. Sin embargo, dado que para esta tarde se espera que arrecie el temporal en toda nuestra zona marítima, el capitán del buque, de acuerdo con los capitanes de la plaza, ha decidido retrasar la vuelta a Melilla hasta mañana por la mañana, en que se espera mejore el tiempo, evitando así poner en peligro innecesario la seguridad de la nave y de sus pasajeros. Todos los que tuvieran previsto irse, pasen por furrielería para que les vuelvan a dar ropa de cama y, luego, por la oficina para que les asignen litera para pasar la noche. Haced correr la voz entre los que no hayan querido venir a comer. Eso es todo. ¡Buen provecho!

Se produjo la lógica conmoción ante tan inesperada noticia. Sin embargo, dado que se trataba de un relevo pequeño, que apenas afectaba a una docena de soldados, no hubo excesivas muestras de descontento.

León me dio inesperadamente una tremenda palmada en la espalda.

—Bien, hombre, bien. ¡De modo que te quedas!

—Eso parece.

—¡Mira por dónde...! Así podrás conocer la isla más a fondo.

—Hay poco que ver, no creas —apuntó Bereci—. Lo más interesante es que esta noche podrás disfrutar del silencio nocturno cuando paren los motores. Y eso no es algo que se pueda explicar con palabras.

Seguramente sería cierto. Ya casi me había acostumbrado al run-run permanente de los generadores, pero de cuando en cuando no podía evitar pensar en el feliz momento en que detuvieran su marcha.

Cidraque había recibido el mensaje del brigada con la misma prevención con que solía acoger cualquier acontecimiento inesperado. Sólo hacía falta echarle un vistazo para convencerse de que estaba evaluando los motivos, consecuencias y posibilidades que ofrecía la nueva situación. Sin embargo, la llegada del segundo plato le devolvió a la realidad.

El resto de la comida transcurrió agradablemente, aunque yo tenía la corazonada de que Cidraque, en cualquier momento, nos sorprendería con alguna de sus cosas. Y lo hizo, por supuesto. Lo hizo aprovechando la espera entre el segundo plato y el postre, tras haber tocado un sinfín de intrascendentes temas de conversación. En esta ocasión consiguió sorprendernos a todos, incluso a mí.

—Oye, León —saltó de pronto—; tú que conoces la isla palmo a palmo habrás visto alguna vez las galerías, supongo.

—¿Galerías? —preguntó León frunciendo el ceño.

—Sí, hombre. Esos túneles que recorren el subsuelo de la isla de parte a parte.

El oficinista sonrió con cierta guasa.

—Pero, hombre, ¿te has pensado que esto es el peñón de Gibraltar? Lo de las galerías subterráneas no es más que una leyenda. No creo que existan y, por supuesto, no sé de nadie que las haya visto.

Sirvieron el postre —dos peras de agua—, y con ellas en la mano una buena parte del personal abandonó el comedor. Nosotros cuatro, sin embargo, de tácito acuerdo, permanecimos sentados, pelando la fruta cuidadosamente, sin ninguna prisa.

—¿Y si yo te dijera que las galerías existen?

—Venga, Cidraque, no quieras quedarte conmigo.

—Te lo puedo demostrar.

—La única demostración sería llevarme a dar un paseo por ellas.

—Precisamente de eso estoy hablando.

León me miró, con la incredulidad pintada en el rostro.

—No hablará en serio, ¿verdad? —me dijo.

Terminé de masticar un pedazo de pera antes de responder.

—Existe un documento del tiempo en que los Regulares-7 servían la guarnición de estas islas, donde se recoge la situación de todas esas galerías. Claro que su excavación, al parecer, fue bastante anterior a la llegada de los Regulares. Ellos debieron de limitarse a levantar el plano.

Ahora fueron León y Bereci los que se miraron entre sí.

—¿Tú has visto ese documento? —me preguntó el furriel.

—Por supuesto. Lo encontramos..., bueno, lo encontró Cidraque esta misma semana, por casualidad, en un archivo de Segunda Sección. Y debo reconocer que es encantador. Lo más parecido al plano de un tesoro que he visto en mi vida.

—Y... ¿lo habéis traído?

Cidraque, por toda respuesta, se señaló el abultado bolsillo de pecho de la camisa.

Una vez los cuatro de vuelta en la oficina, León echó la llave para evitar ser sorprendidos *in fraganti*.

—Como os he dicho, el original está a buen recaudo en Melilla, pero llevo fotocopias de lo más importante. Y lo más importante, por descontado, es el plano de las galerías.

Una vez desdoblado, Cidraque extendió el documento, del tamaño de un doble pliego, sobre la mesa de León.

—¡*Et voilà!* —exclamó.

León, Bereci y yo mismo inclinamos la cabeza reverentemente sobre él.

—Caray, qué chiquitillo está todo... —se lamentó Bereci.

Efectivamente, se trataba de parte del legajo que dos días atrás había sustraído Cidraque tan temerariamente, aprovechando nuestro asalto a los archivos de Mayoría.

—¡Pasmoso! —reconoció León tras estudiar el material por espacio de varios minutos—. Sencillamente, pasmoso. Nunca lo habría creído. De hecho, sigo sin creerlo, que conste. Pero empiezo a admitir la posibilidad.

Bereci, más que asombrado, parecía encantado con el hallazgo. Se le había iluminado la cara con una sonrisa permanente y se frotaba las manos de cuando en cuando, imaginándose ya, sin duda, como partícipe de una emocionante expedición a través de las secretas galerías.

Justo en ese emocionante momento alguien llamó a la puerta de la oficina con insistencia. Dimos los cuatro un respingo y quedamos en vilo, mirándonos unos a otros. Fue León el primero en reaccionar. Con un gesto nos indicó que recogiésemos el plano mientras él se dirigía a la puerta, que nuestra inesperada visita volvió a aporrear. Esta vez escuchamos ya su voz.

—¡León! ¡León! ¿Estás ahí?

Tanto el aludido como Bereci respiraron con alivio.

—Pasa, hombre, pasa —dijo León franqueando la entrada a un cabo no muy alto, rubio, de gafas redondas y que apareció más serio que un plato de habas.

León nos lo presentó como Guillermo Edo, encargado de la central de radio. Acto seguido, el recién llegado le alargó un papel al mismo tiempo que se sentaba sobre el canto de la mesa del brigada.

—Acabo de recibir este cable. Es para el capitán Contreras, pero yo, desde luego, no me atrevo a entregárselo.

El oficinista leyó el papel y lanzó un largo silbido. Inmediatamente, Cidraque, que se había puesto alerta en cuanto escuchó el nombre de Contreras, se lo arrebató. Lo leyó en un suspiro. Quedó serio, muy serio, y me lanzó acto seguido una mirada desconcertante.

—¿Qué ocurre? —pregunté.

León fue a contestarme, pero Cidraque le cortó con un gesto.

—Siéntate, anda —me aconsejó.

—Pero ¿qué pasa? ¿A qué viene tanto misterio? Vamos, dame ese papel...

—Se trata de... de la mujer de Contreras.

—¿Elisa? ¿Le ha ocurrido algo? ¡Le ha ocurrido algo! ¿Qué ha pasado?

León, Edo y Bereci nos miraron con estupor. A mí sobre todo.

—Según dice aquí, ha... muerto. La han encontrado esta mañana en su propia casa. Al parecer... la han asesinado.

Sentí que me rompía por dentro. Ni más ni menos. Recuerdo que quería llorar y no podía. Que Cidraque me sujetó por los hombros y me dijo varias cosas que yo no lograba entender.

Así, como ido, con sólo la imagen de Elisa, sus palabras, sus gestos y su sonrisa ocupando toda mi mente, debí de permanecer un buen rato. A velocidad de vértigo cruzaron ante mí todos y cada uno de los escasos momentos que pasé con ella. Y aunque entonces todavía no, ahora ya sé que la presencia última de su rostro jamás se borrará de mi recuerdo.

Cuando regresé a la realidad, una sola cuestión me preocupaba.

—Ha sido él, ¿verdad? —pregunté, luchando contra el nudo de mi garganta—. Ha sido Contreras, ¿no? Él la mató.

—No... no lo sé. Ojalá lo supiera —respondió Cidraque.

—¡Le mataré! Le mataré, aunque sea lo último que haga en esta vida...

Cidraque se encaró con los otros, que me miraban ya claramente alarmados.

—No le hagáis caso... La mujer del capitán y él eran grandes amigos. No sabe lo que dice.

—¡Claro que sé lo que digo! ¡Digo que le mataré! —repetí, cada vez con mayor firmeza—. ¡Le mataré! ¡Le mataré...!

Cidraque suspiró hondamente mientras me empujaba fuera de allí.

—No teníamos que haber ido a aquella lavandería —musitó.

## 4 *Ahogando las penas*

En un abrir y cerrar de ojos, me encontré sentado ante una de las mesas de la cantina.

—¿Qué te apetece?

—Coñac.

Antes de llegar a la barra, Cidraque se detuvo y regresó junto a mí con cara de fastidio.

—¿Cómo coñac? Pero si tú no bebes. Habrás querido decir café.

—He querido decir lo que he dicho. Coñac. ¡Coñac!

—Bueno, bueno. Tú invitas, tú mandas.

Él se pidió una cerveza de tamaño descomunal. Yo vacié mi copa de un trago y fui a por otra de lo mismo. Cidraque me miró con severidad.

—Comprendo que estés hecho polvo, pero eso no es razón...

—Hecho polvo es poco —le corté, índice en alto—. Estoy... estoy al borde del cataclismo psíquico. Me siento responsable, Cidraque. Peor aún: me siento culpable. Soy un imbécil. Un imbécil y un canalla, maldita sea...

—Lo entiendo, créeme.

—Tú qué vas a entender...

—Bueno, pues no.

Durante veinte minutos bebimos ambos en un religioso silencio, sólo turbado por las escandalosas arcadas que me sobrevenían de cuando en cuando.

Todo ese tiempo Cidraque permaneció ensimismado y pensativo. Al fin se decidió a hablar de manera imprevista.

—Supongo que ahora Contreras tendrá que regresar a Melilla. Ha de hacerse cargo del entierro de su mujer y todas esas cosas, ¿no?

—No regresará —afirmé con esa convicción que sólo proporcionan las bebidas espiritosas—. ¡No regresará porque le voy a matar antes! ¡Le voy a matar ahora mismo!

—Vamos, vamos... —murmuró Cidraque, obligándome a sentarme de nuevo.

—¡Sí, lo haré! —grité, golpeando la mesa con el puño—. ¡Le meteré cien tiros a ese hijoputaaa!

Cidraque, azoradísimo, lanzó un par de miradas a nuestro alrededor. Afortunadamente, el local se encontraba vacío. Sólo el camarero carraspeó levemente e intercambió con Cidraque un gesto lleno de compasión.

—Haz el favor de no escandalizar, por lo que más quieras. Lo que menos nos interesa en estos momentos es llamar la atención.

Un inesperado sentimiento de dignidad se adueñó entonces de mí.

—No me trates como si fuera un crío, ¿eh? —grité con voz pastosísima—. ¿Está claro? Puedes tratarme como a un borracho, que es lo que soy, ¡pero no como a un crío! ¡Eso no!

Sentí entonces una convulsión imparable subiéndome hasta la garganta y, un instante después, me encontré llorando a moco tendido, de bruces sobre la mesa.

—¡Yo la quería, Cidraqueee...! ¡La... queríaaa!

—Sí, no me cabe duda, pero...

—¡Acabaré con ese bastardooo! —bramé, pataleando con furia—. ¡Acabaré con él! ¡Acabaré con él! ¡Con él, con él colglelg...!

Se me trabó la lengua y llegó el silencio. Y, tras el silencio, la voz pausada de Cidraque.

—Está bien. Si te empeñas... podemos intentarlo.

Apoyado en la mesa sobre mi oreja izquierda, miré vidriosamente a mi compañero. Me bastó ver su expresión para comprender que hablaba completamente en serio.

—Sí. Sí, Cidraque, sí. ¡Sí! —le supliqué con vehemencia—. Acabemos con esa rata de cloaca. Si tú dices que puede hacerse, es que puede hacerse. Y lo haremos. Por favor. Quiero reducir a escombros a ese malnacido: su carrera, su vida, sus negocios... ¡Todo lo que tenga que ver con él!

—De acuerdo, de acuerdo, acabaremos con Contreras. Pero para eso te necesito en plena forma.

—¿Qué dices? ¡Si estoy como nuncuuuaaaggh...!

—¡Halaaa...! —exclamó Cidraque, esquivando hábilmente—. Desde luego... ¡Camarero! ¡Trae un café! ¡Qué digo! ¡Una docena de cafés! ¡Y serrín para limpiar esto!

Tras vomitar el resto del coñac, junto con mis atormentadas

entrañas e ingerir la novena taza de café, mi cerebro recobró una parte importante de su lucidez habitual.

—¿Qué pasará cuando Contreras vuelva a Melilla? —me preguntó Cidraque, mientras me obligaba a alternar la ingestión de café con la de agua mineral con gas—. ¿Enviarán a otro capitán o esperarán a que él regrese?

—Supongo que... oye, ya vale, que voy a aborrecer el café, hombre.

—Sigue...

—Pues... supongo que harán correr el turno y enviarán a otro. Serían demasiados días de ausencia.

—Sí, eso pienso yo también. O sea, que Contreras tardará un buen tiempo en tener la posibilidad de volver aquí como jefe de la plaza.

—Sí, claro. Ahora pasará a ocupar el último lugar de la lista. Aunque se empeñase en volver, no creo que pudiese hacerlo, sin despertar sospechas, antes de un año.

—¿Y Gayarre?

—Lo mismo o poco menos. Él es quien debería haber venido en este viaje, pero al estar ingresado en el hospital también le habrá corrido el turno... Pero ¿a qué vienen tantas preguntas?

Ahora, la sonrisa de Cidraque resultó descaradamente torva.

—Muchacho..., la cosa empieza a estar mucho más clara.

En ese momento vimos entrar a Guillermo Edo en el bar. Con un gesto de la cabeza nos indicó que le acompañásemos.

—He conseguido la comunicación que queríais —nos dijo simplemente.

## 5 *Morir por nada*

Tras entrar los tres en la central de radio, Guillermo cerró cuidadosamente la puerta y nos alargó un par de auriculares, mientras él se ajustaba los suyos.

—Compartidlos si queréis escuchar los dos. Para hablar, por aquí —dijo señalando un vetusto micrófono de mesa.

A continuación realizó una serie de operaciones de ajuste en los aparatos.

—¿Hospital? Hospital, ¿me escuchas? Aquí Chafarinas.

—Te escucho alto y claro, Chafarinas. ¿Qué tripa se te ha roto?

—Hay aquí dos colegas que quieren hablar con uno de tus médicos. Un tal Sau. Antón Sau. ¿Le conoces?

—¡Cómo no! Aquí a Sau le conocen hasta los del pabellón psiquiátrico, que no conocen ni a su padre.

—¿Podrías localizarle?

—Eso está hecho.

Dos minutos más tarde escuchamos la voz sorprendida del valenciano.

—Pero ¿de verdad estáis en Chafarinas? ¿Los dos?

—Yo estoy sólo de visita, pero Cidraque dice que le gusta y que se queda hasta que le den *la blanca*.

—Siempre sospeché que estaba mal de la cabeza —comentó Sau, divertidísimo.

—Oye, Antón, te llamamos sobre el asunto de la mujer del capitán Contreras.

—¡Ah, sí! Una lástima, tan guapa... Nos la han traído a media mañana para la autopsia.

Tuve que hacer un esfuerzo de voluntad para continuar.

—¿Algo... interesante?

—No. Todo parece estar muy claro. Debió de ser hacia las diez y cuarto. Seguramente lo hicieron dos tipos, pues se usaron dos clases distintas de munición. Ella les abrió la puerta. Quizá los conocía, y la cosieron a balazos allí mismo, en el vestíbulo. Debieron de usar silenciador porque ningún vecino oyó nada. Luego, se fueron sin tomarse otra molestia que la de cerrar la puerta del piso. Unos minutos después, el del piso de enfrente, un tal Torrente o Tridente...

—Trullenque.

—¡Justo! Salió con intención de pasear a su perro y se encontró con un charco de sangre que se deslizaba por debajo de la puerta de su vecino y avanzaba por el rellano.

No pude soportarlo más. Me levanté y fui hacia la ventana tratando de no llorar. Cidraque se despidió por mí.

—Gracias por la información, Paco. Creo que eso es todo por ahora.

—No hay de qué. Un asunto muy feo, ¿verdad?

—Eso parece. Muy, muy feo. Hasta pronto.

—¡Cambio y corto! —gritó Sau riendo jovialmente.

Cidraque se quedó serio como un juez del Supremo y, sin decir palabra, salió al exterior. Yo hice lo propio, tras agradecer el favor a Guillermo.

—Así que Contreras está descartado —reflexioné de inmediato.

—Sí, bueno... Era previsible que tuviera una coartada perfecta, pero eso sólo significa que no ha sido el autor material. Para mí está claro que Contreras se halla tras la muerte de su mujer. El hecho de que tenga una coartada irrefutable no hace sino confirmarlo. Es más...

—¿Qué? —le apremié, tras esperar que continuase.

—¿Qué de qué?

Ésas eran las cosas de Cidraque que me sacaban de mis casillas.

—Ibas a decir algo, ¿no?

Me miró con fastidio, como si me hubiese pillado leyendo el periódico por encima de su hombro.

—Sí, bueno, verás... Estoy empezando a pensar que... que la muerte de Elisa no tiene nada que ver con nuestra visita del jueves a la lavandería.

—¿Cómo que no? Es la única explicación.

—Quizá no. Quizá tu amiga estaba sentenciada de antemano. Y si todo es como yo imagino, te aseguro que Contreras, Gayarre y quienquiera que esté metido con ellos en esto son los tipos más ruines y despreciables con los que he tropezado en mi vida.

Ese modo de hablar no era habitual en Cidraque. Intuí que su siguiente conclusión no iba a resultar nada agradable.

—Por tu madre, escúpelo todo de una puñetera vez.

Echamos a andar cuesta abajo, camino de la oficina. Aunque nos encontrábamos arropados por el ruido de los generadores, me habló casi al oído, con voz queda, pero apasionada. Con la seguridad del que se sabe en posesión de la verdad.

—Si no recuerdo mal, tú mismo me comentaste que desde la llegada del coronel Cabeza al grupo, los turnos de los capitanes en Chafarinas se empiezan a llevar a rajatabla.

—Tú nunca recuerdas mal.

—Y que, debido a eso, hacía casi diez meses que ni Contreras ni Gayarre habían venido por aquí.

Me detuve. Había visto una ligera luz.

—Ya entiendo: no podían aprovisionarse de droga como antes y eso fue lo que provocó la escasez de heroína que se sufría en Melilla últimamente.

—¡Correcto! —exclamó Cidraque—. Ahora, por fin, Contreras engancha turno. Va a poder hacerse con un cargamento que vuelva a poner el negocio en las cotas habituales. Pero lo que no puede hacer, claro, es esperar a cumplir sus cuatro meses correspondientes antes de volver a Melilla con la mercancía. Tiene que encontrar una excusa incuestionable para regresar de inmediato.

Sentí una oleada de asco golpeándome las tripas.

—¿Quieres decir...? ¿Insinúas que han mandado matar a Elisa solamente para que Contreras disponga de un motivo lo bastante grave como para volver a Melilla cuanto antes? ¿Es eso?

Cidraque contestó, como pidiendo excusas.

—En fin... Yo lo veo así, al menos.

Nunca antes me había sentido morir de rabia. Exceptuando mi reciente borrachera en la cantina, había logrado controlarme hasta ahora aceptablemente. Pero en ese momento me pareció que disponía ya de suficientes motivos para echarme a llorar a moco tendido. No duró mucho, unos segundos tan sólo. Pero me sentó bien.

—¿Aún sigues pensando que podemos acabar con ese cerdo? —le pregunté cuando volví a dominar mis nervios.

Me pareció que Cidraque dudaba un momento, pero cuando contestó lo hizo con total decisión. Con ganas. Como si quisiera convencerme. A mí...

—Es arriesgado. Peligroso, más bien. Si perdemos, ya sabes lo que nos toca. ¡Pero claro que podemos derrotarle! Tenemos nuestra posibilidad. Sobre todo, porque ha ocurrido algo que, estoy seguro, no entraba en sus planes. Contreras contaba con que el *Virgen de África* zarpase esta tarde, con su horario habitual. Luego, ya como jefe absoluto de la isla, recogería tranquilamente la droga, esperaría que le comunicasen el fallecimiento de su esposa y, a continuación, solicitaría un helicóptero para regresar a Melilla. Pero las cosas casi nunca suceden como se piensan. Inesperadamente, el barco retrasa su salida y, al mismo tiempo, se descubre el cadáver de Elisa antes de lo previsto. En consecuencia, ahora Contreras debe volver obligatoriamente mañana en el barco, si no quiere arrojar una tonelada de sospechas sobre sí. Y, naturalmente, para entonces tiene que haber recogido la mercancía.

—Cosa que hará, casi con toda seguridad, esta noche.

Mi compañero volvió a exhibir una sonrisa malévola.

—Exacto. Y nosotros le estaremos esperando.

## 6 *Dieciocho horas*

No podíamos perder de vista a Contreras. Si las previsiones de Cidraque resultaban acertadas, nuestro capitán recogería la mercancía en cualquier momento de las próximas dieciocho horas.

—¿Dieciocho horas vigilando al capitán Contreras? —exclamó León Zambrano, con el desagrado pintado en el rostro.

—Así es. No podemos desperdiciar esta oportunidad. Mientras que lo habitual es que disponga de dos meses para recibir la mercancía, ahora tiene que hacerlo dentro de las dieciocho próximas horas. Nunca lo volveríamos a tener tan fácil.

CONTRERAS PERMANECIÓ TODA LA TARDE encerrado en su despacho, confeccionando, primero, el relevo con el capitán Pujadas para, más tarde, tras recibir la noticia de la muerte de su mujer, realizar a su vez la misma tarea con el teniente Salvatierra, que quedaría al mando cuando él tuviera que marcharse al día siguiente.

Si Cidraque estaba en la verdad, para entonces debería haber recogido ya la droga. Eso significaba que, inevitablemente, tendría que efectuar la operación en las horas centrales de la noche.

Acordamos que León y Bereci vigilarían a Contreras la primera mitad de la noche, desde la hora de silencio hasta las tres de la madrugada. De tres a siete lo haríamos Cidraque y yo.

La suerte se alió con nosotros una vez más cuando Contreras decidió dormir en el cuarto del oficial de semana, dejando que tanto el capitán Pujadas como el teniente Salvatierra, ambos con familia, pasasen la noche en sus respectivas viviendas. Eso facilitó nuestra labor, ya que el cuarto del oficial podía ser vigilado sin ningún problema desde la oficina de Zambrano, puesto que ambas dependencias asomaban sus ventanas traseras a un patio interior común. Apenas veinte metros separaban una de otra.

MOMENTOS ANTES DEL TOQUE de silencio, Bereci entró en la oficina llevando en la mano un artilugio parecido a un teleobjetivo fotográfico.

—¿Qué diablos es eso? —preguntó León.

—Me lo ha prestado Horacio, el cabo armero.

—Bueno, pero ¿qué demonios es?

—Un visor nocturno para fusil de precisión, naturalmente.

—Naturalmente —exclamó León con un deje sardónico—. ¿Cómo he podido no darme cuenta?

—¿De visión infrarroja? —quiso saber Cidraque.

—No, no. Se trata de un intensificador de rayos. Horacio me ha asegurado que en una noche como la de hoy se puede ver con suficiente claridad incluso las zonas de sombra. Y que bajo la luz de la luna la sensación es como de pleno día.

Así era, ni más ni menos, tal como pudimos comprobar.

—Pasmoso —reconoció Cidraque tras echar un vistazo.

Tras colocar el visor sobre su soporte para uso independiente, y éste sobre un pequeño montículo de libros, enfocamos con precisión la ventana del cuarto que ocupaba Contreras.

—Listo —anunció el furriel, echando un vistazo—. ¡Fijaos...! Ahí tengo enfocada justamente la almohada de la cama. O sea que, cuando se acueste, le veremos la cara con absoluta perfección.

—A no ser que duerma cabeza abajo, como los murciélagos —comentó León jocosamente—, en cuyo caso le veremos con absoluta perfección los pies.

Cidraque parecía encantado.

—Bueno, bueno, bueno... Creo que la cosa difícilmente podría ir mejor. Lo tenemos todo bajo control.

Me miró fijamente unos segundos.

—Tú y yo nos vamos a dormir —me dijo. Y se volvió a continuación hacia Zambrano—: Si Contreras se levanta y hace mención de salir del cuarto, avisadnos a toda prisa. Pero venid uno solo. El otro, que no le pierda de vista ni un segundo. ¿Está claro?

Bereci saludó militarmente y dio un taconazo.

En ese preciso instante se escuchó el toque de silencio y, como por arte de magia, cesó el bramido de los generadores.

Indescriptible.

No habían pasado ni veinte minutos desde que apoyé la oreja en la almohada cuando Bereci me zarandeó como si quisiera desmontarme en pedazos.

—¡Aaah...!

—¿Duermes?

—Ahora ya no... ¿Qué... qué pasa?

—Ve hacia la oficina mientras yo despierto a Cidraque.

Al punto escuchamos su voz, acercándose.

—No hace falta. Ya estoy aquí. Vamos.

La única luz en la oficina era la que entraba por la ventana, procedente de la luna.

—¿Qué ocurre? —preguntó Cidraque en un susurro, nada más cerrar la puerta.

—No lo entiendo —dijo León, que seguía observando febrilmente a través del visor—. Es imposible. Estoy seguro de que no ha salido del cuarto y, sin embargo...

—¿Qué pasa?

—¡Que no está! ¡Contreras ha desaparecido! A no ser que lleve diez minutos sin moverse del rincón ciego...

—¿Qué? ¿Que lo has perdido hace diez minutos? —gritó Cidraque mirando por el visor.

—Te aseguro que es imposible. Bereci te lo puede decir: no le hemos quitado ojo. Si hubiera abierto la puerta, le habríamos visto. Seguro.

—Vacío —murmuró Cidraque terminando su inspección ocular.

—No lo entiendo.

—¡Vamos! —exclamó entonces Cidraque, saltando por la ventana—. Coged linternas.

—¿Adónde vas?

Estaba clarísimo adónde se dirigía. En cuatro zancadas cruzó el patio y llegó junto a la ventana del cuarto del oficial de semana. Dos rápidos vistazos le convencieron de que lo imposible era obvio: Contreras había desaparecido.

Actuando siempre un paso por delante de nosotros, cuando llegamos junto a la ventana Cidraque ya había saltado al interior del cuarto. Y cuando nosotros lo hicimos, él ya tenía hecha toda su composición de lugar.

Sacó del bolsillo el plano de los pasadizos subterráneos y lo extendió sobre la cama. Señaló un punto concreto con el haz de una de las linternas.

—Utiliza las galerías —afirmó—. Una de ellas pasa justo por aquí debajo. Entre Gayarre y él deben de haber construido una entrada desde este mismo cuarto. Y si León no le ha visto esfumarse, es porque esa entrada se encuentra justo en el rincón que no nos era posible ver desde la oficina. Es decir...

—Allí —dijo León señalando un ángulo del cuarto.

Estaba clarísimo. En el suelo, un grupo de nueve baldosas rodeadas por un cerquillo metálico formaban un cuadrado de sesenta por sesenta centímetros con todo el aspecto de ser lo que buscábamos.

Sin embargo, pese a todos nuestros esfuerzos, no conseguimos alzar la losa ni un milímetro.

—Debe de estar asegurada por dentro —supuso Bereci—. Y da la impresión que de un modo sólido.

Sobrevinieron unos segundos de desánimo.

—¡Un momento! Si tenemos el plano, podemos saber dónde terminan los túneles y acudir allí por el exterior.

Cidraque sacudió la cabeza mientras iluminaba de nuevo el plano.

—Hay tres salidas en el perímetro de la isla, y no creo que fuera posible aproximarnos a los tres sitios sin que nos descubrieran los centinelas. La única solución es conseguir entrar en las galerías.

—Pero ¿cómo?

Cidraque sonrió. Debió de pensar: «¡Qué pregunta!».

## 7 *Don Martín de Alcántara*

El plano situaba el más cercano de los accesos a las galerías en el interior de la iglesia. Hacia ella fuimos, amparados en la relativa oscuridad de la noche.

La enorme puerta del templo estaba, lógicamente, cerrada, pero León se encargó de encontrar la manera de acceder al interior por la puerta de la torre, que resultó infinitamente más sencilla de violentar. Luego, a través de un paso inferior, alcanzamos la nave principal de la iglesia.

Siempre consultando el plano, Cidraque se dirigió con paso seguro al centro de la nave principal. Allí, formando parte del suelo, hallamos una losa sepulcral.

—Bajo esa lápida —dijo simplemente—. ¡Vamos! Hay que tratar de levantarla.

Los intestinos se me anudaron inmediatamente.

—¿Quéee? ¿No irás a profanar una tumba? Una tumba que, además, se encuentra en mitad de una iglesia. Si nos descubren, no sólo nos meterán en presidio. Posiblemente nos excomulgarán.

—Eso no es ninguna tumba —replicó Cidraque—. Es la entrada a las galerías.

Esta vez recibí el apoyo de Bereci, al que el asunto cada vez le hacía menos gracia.

—Debes de estar confundido, Cidraque. Esto es una tumba. Lo pone ahí bien claro: «Don Martín de Alcántara. 1808-1835».

Recibió de Cidraque una de sus miradas compasivas.

—¿Y eso no te dice nada?

—Pues... ¿que don Martín de Alcántara murió muy joven, quizá?

—Vamos a ver: ¿en qué año llegaron los españoles a estas islas?

—¿Ahora me vas a examinar de historia? ¡Yo qué sé en qué año llegaron los españoles! De todas formas, si Melilla se conquistó a finales del siglo quince, supongo que aquí llegarían algo más tarde. O quizá antes, no sé. ¿A qué viene eso?

Cidraque adoptó su tono de profesor de EGB para darnos la respuesta.

—Por increíble que parezca, hasta mediados del siglo diecinueve nadie se fijó en estos tres peñascos. Fue concretamente en el año de gracia de 1848 cuando el imperio español decidió apropiárselos. Comprenderás que difícilmente pueden reposar bajo esta losa los restos de un señor que murió trece años antes de esa fecha.

Una vez más había que claudicar ante el sabelotodo de Cidraque.

—Además de ese detalle —prosiguió—, si en el plano se indica con claridad que bajo esa losa se encuentra uno de los accesos a las galerías, no hay por qué dudar de ello.

Levantamos la losa haciendo palanca con unos enormes candelabros de forja que flanqueaban las gradas sobre las que se levantaba el altar. Hasta el último instante yo estaba seguro de que lo único que encontraríamos serían los restos mortales de un señor del siglo XIX. Pero no. Bajo la losa apareció un tenebroso tramo de escaleras directamente excavadas en la roca.

—¿De veras tenemos que meternos ahí? —preguntó Bereci.

Cidraque sonrió.

—¿A que parece un lugar encantador?

Las dimensiones del primer pasadizo resultaron ser casi claustrofóbicas. Estaba formado por una bóveda apuntada de apenas metro setenta de altura y tan estrecha que los hombros rozaban en las paredes laterales al avanzar. Por lo demás, contaba con todos los ingredientes que uno habría podido esperar en semejantes circunstancias: humedad, pestilencia, ratas de respetable tamaño campando a sus anchas...

Cidraque abría la marcha, consultando a cada momento nuestra situación en el plano. León y Bereci le seguían. Yo cerraba el grupo.

Daba la sensación de que nadie había respirado jamás aquel aire.

Tras caminar un par de minutos, accedimos a una zona algo menos angosta. Una especie de recámara en uno de cuyos extremos descubrimos una escalera de barrotes encarcelados en el muro. Cidraque los siguió con el haz de la linterna hasta vislumbrar, en la parte superior, un nuevo acceso con todo el aspecto de no haber sido utilizado durante décadas.

—¿A que no sabéis dónde estamos? —preguntó Cidraque, consultando sus papeles.

—En las islas Chafarinas —intentó bromear León.

—Para vuestra información, nos hallamos justo debajo del polvorín.

—¡Qué ilusión! —continuó León en el mismo tono—. Siempre había deseado pasear a medianoche bajo un polvorín.

Encontramos dos accesos más, que Cidraque no se molestó ni en explicar. Subimos y bajamos varios tramos de escaleras. Caminamos luego por una galería circular, claramente menos angosta que la primera que atravesamos.

—¿Hacia dónde vamos, si puede saberse? —pregunté.

Cidraque iluminó el mapa con su linterna.

—Estamos siguiendo este pasadizo, que prácticamente recorre el contorno de la isla. Confío en encontrar algún detalle que nos indique cuál de las salidas ha utilizado Contreras.

—¿Y si Contreras no ha dejado ninguna pista?

Cidraque acogió mi comentario con una mirada severísima.

—No pienses como un perdedor o terminarás convertido en un perdedor.

Caminamos por espacio de casi quince minutos, sobrecogidos por el ambiente de trampa faraónica que se respiraba en aquellos pasadizos. Cidraque marchaba siempre al frente, consultando el plano constantemente, ajeno a la inquietud que, poco a poco, iba minando el espíritu de León, Bereci y el mío propio.

—Esto es una insensatez —susurró el vasco de repente—. Salgamos de aquí. Olvidemos todo este asunto. Yo pensaba que sería más divertido, realmente.

Cidraque no le hizo el menor caso y continuó adelante.

Muy poco después nos detuvimos. Ante nosotros, la galería que estábamos recorriendo se bifurcaba. O, más bien, surgía un nuevo pasadizo hacia la derecha. Cidraque consultó el plano repetidas veces antes de rendirse a la evidencia.

—Atiza... —musitó entonces—. ¿Qué demonios es esto?

—Parece otro pasadizo, ¿no?

—Claro, claro, pero es que... no aparece en el plano. No sólo eso, sino que..., si no estoy confundido, ese corredor se adentraría en el mar. Y eso, desde luego, no parece posible.

Una desazón infinita se apoderó de mí.

—No me digas... ¡No me digas que te has perdido!

—No, hombre...

—¡Lo sabía! ¡Lo sabía! —grité, dejándome llevar por el pánico—. ¡Jamás saldremos de aquí!

—¿Quieres dejar de escandalizar como una vieja? Sé perfectamente dónde estamos. Lo único que ocurre es que este pasadizo no figura en el plano. ¡Eso es todo!

—¿Te parece poco? ¡Acabamos de descubrir que el plano que nos guía en este laberinto no corresponde a la realidad! Total, una insignificancia.

—¡Cálmate! Es el primer error que encuentro y ello quizá signifique algo. A decir verdad, estoy casi seguro de que...

Sin llegar a terminar la frase, Cidraque se internó en el túnel recién descubierto.

—¡Eh, eh! ¿Adónde vas? Ese plano que llevas es el único... ¡Oye! ¡Cidraque!

León, Bereci y yo intercambiamos miradas huidizas entre nosotros.

—Quedaos aquí —les recomendé—. Voy tras él.

Lo hice a la carrera, con el corazón lanzado a galope tendido. Le hallé cincuenta metros más adelante, enfocando el haz de su linterna con toda atención sobre el suelo y las paredes de la bóveda.

—¿Se puede saber qué pretendes, Cidraque? ¿Es que quieres matarnos de un infarto?

—Tiene que ser por aquí... —murmuró, continuando su inspección—. Estoy seguro de que éste es el pasadizo que utilizan Gayarre y Contreras. Lo intuyo. Si encontrásemos alguna evidencia...

—Escúchame: ¿por qué no exploramos primero el pasadizo que figura en el plano?

—Es que tengo la sensación... No sé. Casi puedo sentir la presencia de Gayarre y Contreras atravesando este túnel durante todos estos años.

—Sólo son conjeturas. Empecemos por lo más fácil, haz el favor.

—En fin... Quizá tengas razón.

Con muy poca convicción por su parte, iniciamos el regreso. Sin embargo, al llegar yo junto a León y Bereci, Cidraque, remoloneando, había logrado rezagarse una veintena de metros.

—¡Vamos, Cidraque! —le gritamos iluminándole con nuestras linternas.

Pero él, de nuevo, había puesto su atención en la pared del pasadizo.

—¡Dime una cosa! —gritó sin moverse—. ¿Contreras fuma?

—No, que yo sepa —respondí, algo fastidiado—. ¿A qué viene eso?

—¿Y Gayarre?

—¡Yo qué sé, Cidraque, por Dios...! A ver, espera... Sí, ahora recuerdo. Fuma como un carretero un tabaco rarísimo. Tanhauser o algo así.

Ahora sí, Cidraque se acercó a nosotros con una expresión triunfal.

—Os dije que hay que confiar en la suerte... y contar también con alguna torpeza por parte del enemigo. Mirad lo que he encontrado ahí dentro, en un resquicio de la pared.

Nos mostró una bolita de papel blanco, verde y plateado.

Aunque debía de llevar allí mucho tiempo, al desdoblarla con cuidado nos mostró perfectamente su identidad: era un arrugado paquete de Tanausú.

## *8 Bajar a los infiernos*

Apenas cien metros más adelante, el pasadizo desaparecía, convertido repentinamente en un empinadísimo tramo de escaleras que se zambullía en las entrañas de la tierra.

Tras echar un vistazo, intercambiamos miradas inquietas en las que se traslucía ya un hartazgo de tensión nerviosa, una saturación de desasosiego.

—Yo no me meto ahí —confesó entonces Bereci—. Lo siento mucho, pero hasta aquí he llegado.

—Me parece bien —aceptó Cidraque—. ¿Sabrás salir de aquí?

El vasco palideció.

—Me... me temo que no.

—Entonces... o nos acompañas, o nos esperas.

Bereci echó una mirada en derredor mientras suspiraba entrecortadamente, como si le faltase el aire. Se encogió de hombros, al fin, aceptando su suerte. Su mala suerte.

Fuimos descendiendo los cuatro en silencio hasta una profundidad escalofriante. Pequeños descansillos servían de enlace a los tramos de treinta escalones que se sucedían en direcciones opuestas. Uno... dos... La atmósfera, aparentemente, se iba enrareciendo a cada paso y a cada paso nos daba la sensación de que resultaba más dificultoso llenar los pulmones. La humedad aumentaba con la profundidad, empapando literalmente el suelo y las paredes y haciendo de cada escalón un riesgo. Cuatro... cinco... Pronto el ruido de nuestras pisadas se vio acompañado, y aun oscurecido, por el de nuestros jadeos. Y si a poco de iniciado el descenso podíamos tener la sensación de que estábamos llevando a cabo la bajada a los infiernos, al cabo de un rato ya no teníamos la menor duda de ello. Siete... ocho...

Y no acababa. No acababa nunca aquello.

—¡Por Dios! ¿Qué significa esto? ¿Adónde vamos?

La voz de Bereci tenía ahora un timbre angustiado que todos compartimos con nuestro silencio.

Desde el nuevo descansillo, Cidraque enfocó su linterna hacia el final del siguiente tramo de escalones.

—Por fin... Creo que ahí está el final.

Descendimos aquellos últimos treinta peldaños en un suspiro. Y lo que ahora se abrió ante nosotros fue un nuevo túnel abovedado, de medio cañón, y cuyo final no alcanzábamos a vislumbrar con los focos de nuestras linternas.

Bereci se encontraba mal. Sudaba y temblaba de un modo exagerado. No tenía más miedo que nosotros. Es que lo asimilaba peor.

—¿Qué es esto? Por favor, decídmelo, ¿qué significa esto? —balbuceaba.

Cidraque observaba el plano de las galerías y parecía realizar cálculos mentales. Seguramente por tranquilizar a Bereci, nos obsequió con un paquete de sus observaciones.

—Hemos bajado nueve tramos de treinta escalones, lo que hace un total de doscientos setenta peldaños. Si cada uno tiene aproximadamente un palmo de altura, es decir, que entran seis en un metro, estamos a unos cuarenta y cinco metros por debajo del nivel de la galería de la que partimos.

—¿Sólo cuarenta y cinco metros? —preguntó León—. Tengo la sensación de haber bajado dos kilómetros.

—Las matemáticas no fallan... De todos modos, no es poco. Claro que no es una mina de carbón, pero hemos descendido el equivalente a un edificio de quince plantas. Por cierto, que como los tramos se sucedían alternativamente en direcciones opuestas, prácticamente no nos hemos desplazado, de modo que seguimos estando aproximadamente aquí.

Señaló Cidraque en el plano un punto cercano al perímetro de la isla y situado al noroeste de la misma.

—Ahí..., pero cuarenta y cinco metros bajo tierra —comentó León—. Y ahora, supongo, nos dirás adónde lleva ese hermoso túnel que se abre ante nosotros.

—Gracias por la confianza. Procuraré no defraudar.

—Al grano —supliqué.

—Pues bien; si no me he desorientado durante el descenso, la dirección del túnel es aproximadamente... ¡ésta!

Y mientras yo le alumbraba, arañó con el índice el papel, trazando una línea recta desde nuestra posición hasta...

—¡La isla del Congreso! —exclamé.

—En efecto. Si no me equivoco, este túnel nos conducirá a la isla del Congreso... por debajo del fondo del mar.

A Bereci semejante perspectiva le produjo una caída en picado de la tensión arterial, que dio con sus huesos en el suelo. Mientras León trataba de reanimarle, yo me dirigí a Cidraque, que ya se había internado unos pasos en el siniestrísimo túnel.

—¿En qué piensas?

—Está muy claro —aseguró, hablándome de espaldas—. Hasta hace un instante me preguntaba cuál sería el lugar más propicio de la isla para efectuar sin riesgos la entrega de un cargamento de heroína. Pero, naturalmente, el mejor sitio no se encuentra en la isla de Isabel II, plagada de centinelas y de suboficiales insomnes y curiosos, que aparecen cuando menos lo esperas en el lugar más inoportuno. El lugar idóneo está allí —señaló el final del túnel—, en la desierta isla del Congreso. De algún modo, Gayarre y Contreras tuvieron noticia de la existencia de este pasadizo y decidieron, con muy buen criterio por cierto, utilizarlo en estas operaciones.

Como siempre que Cidraque exponía sus hipótesis, asentí incondicionalmente, convencido por completo de que la realidad se ajustaría a sus previsiones como la media a la pantorrilla.

—Contreras estará ya en la isla del Congreso, ¿no?

—Seguramente, sí. Nos lleva unos cuantos minutos de ventaja. Pero no demasiados.

—¿Y sigues dispuesto a ir tras él?

Cidraque respiró hondo antes de contestar.

—La duda ofende. Por supuesto que vamos a ir a por ese malnacido. Y ahora mismo. No se puede perder ni un minuto si queremos contar con el factor sorpresa.

—¿Factor... sorpresa?

Cidraque sonrió tan enigmáticamente como solía.

## 9 *Cruzar el charco*

La longitud del túnel debía de ser de al menos quinientos metros. Posiblemente, más. Su anchura, la suficiente como para avanzar por él de a tres en fondo, aunque nosotros optamos por ir dos delante y dos detrás. Así, Cidraque y León abrían la marcha y yo procuraba que Bereci no quedase rezagado.

A medio camino aproximadamente, León nos obligó a detenernos. Enfocó su linterna hacia el techo y pudimos comprobar con cierto desasosiego que a través de las piedras que conformaban la bóveda se iba filtrando agua en cantidad nada despreciable. De modo constante.

—La presión del agua tiene que ser enorme sobre esta zona —comentó León, impresionado.

—Así es —corroboró Cidraque—. Tenemos sobre nosotros treinta, quizá cuarenta metros de agua y, como protección, tan sólo unos pocos centímetros de roca.

—¡Por todos los santos! ¡Salgamos de aquí cuanto antes! —suplicó Bereci, pálido como el papel.

Alcanzamos el final mucho antes de lo que imaginábamos aunque, naturalmente, allí nos esperaban otros doscientos setenta escalones, inevitables para regresar al nivel del mar.

Al alcanzar el último descansillo, cuando ya se sentía cerca de nuevo la brisa del mar, Cidraque nos recomendó silencio por gestos y habló muy bajo, acercándose mucho a nosotros.

—A partir de ahora, hemos de andar con precaución. No sabemos dónde está Contreras exactamente, y si damos un solo paso en falso estaremos perdidos sin remisión.

Iniciamos el ascenso del último tramo. Para no delatarnos, apantallamos las linternas con los faldones de las camisas, de modo que justo iluminasen lo suficiente para ver apenas un metro ante nosotros. Conscientes del peligro, nos movíamos procurando el máximo silencio.

De pronto cambió el aire. Se volvió fresco y ligero, y el rumor del mar, perdido durante tantos minutos, regresó de improviso. Estábamos fuera. Pese a saber que nos hallábamos más cerca que nunca de un peligro cierto, sentirnos de nuevo al aire libre, escuchando el gargarismo continuo de las olas, nos supuso a los cuatro una bocanada de alivio. Como si morir no importase tanto bajo la luna de África.

Permanecimos unos minutos inmóviles, en silencio absoluto. Tratando de acostumbrarnos a la escasísima luz ambiente. Cuando lo logramos, el plan de acción ya estaba dispuesto.

La salida de la galería se hallaba casi a nivel del mar, apenas a veinte metros de la orilla y frente a la isla de Isabel II. Parecía lógico que el encuentro de Contreras con su proveedor se llevase a cabo en el extremo opuesto de la isla, en la zona que quedaba oculta a cualquier mirada indiscreta. Con ese planteamiento, establecimos un plan de aproximación.

Decidimos separarnos. Tras sortear los itinerarios, León y yo seguiríamos el litoral de la isla en direcciones opuestas. Mientras, Cidraque y Bereci seguirían juntos el camino más corto, cruzando la isla por el centro, subiendo y luego bajando el lomo de ratón que formaba.

Debieron de ser ellos los primeros en ver a Contreras, poco antes de que lo hiciera también León. Yo, sin saberlo, había tomado el camino más largo.

Quizá eso me salvó la vida.

## 10 *Hacer negocios*

Lo primero que escuché, aún antes de tener a la vista a Contreras, fue el rumor sordo de un motor fueraborda acercándose rápidamente.

Busqué a mis compañeros. Creí distinguir a Cidraque y Bereci en el punto más alto de la isla, desde donde tendrían, sin duda, una excelente panorámica de los acontecimientos. Se hallaban, sin embargo, demasiado alejados de la orilla como para pensar en intervenir en caso necesario.

León debía de hallarse escondido tras las únicas rocas importantes del litoral de la isla, mucho más cerca de Contreras que yo.

Se podría decir que le teníamos rodeado. Pero eso, aun siendo cierto, no nos servía de nada. No teníamos ninguna capacidad de hacerle frente, al menos en las actuales circunstancias. Sólo podíamos dejar correr los acontecimientos y esperar nuestra oportunidad.

Con un poco de paciencia, quizá lográsemos darle una sorpresa.

Sin embargo, la primera sorpresa fue nuestra y la constituyó la embarcación que se acercaba.

No era la típica lancha rápida de apenas cinco metros y aspecto desvencijado, como las que podían verse en el puerto deportivo de Melilla. Era ésta una sofisticadísima planeadora de aproximadamente quince metros de eslora, pintada con esmero en tonos oscuros e impulsada por nada menos que cinco motores de trescientos caballos, de los cuales ahora traía en marcha tan sólo el central. Un verdadero aparato, tripulado por dos hombres vestidos con elegantes atuendos veraniegos.

Se acercaron a la orilla al ralentí, hasta incrustarse levemente de proa en la arena de la diminuta playa. Para entonces, también yo había ganado una buena posición y los tenía a la vista.

Uno de los hombres saltó a tierra de inmediato y saludó a Contreras, que se había aproximado al punto de encuentro llevando en la mano un maletín de piel oscura. Sin pérdida de tiempo, el que permanecía a bordo les arrojó un bulto, que resultó ser otro maletín, aunque éste mucho más pequeño y de aspecto metálico.

Tras depositar ambas valijas sobre la arena, los dos hombres intercambiaron sus lugares y procedieron a abrirlas. La de Contreras contenía fajos de billetes de banco. El pasajero de la lancha cogió tres de ellos, aparentemente al azar, y los contó con rapidez, sin retirarles siquiera la faja de papel.

La maleta llegada en la canoa contenía bolsas de plástico llenas de polvo blanco. Contreras tomó una y realizó con ella una serie de operaciones que no pude seguir con claridad, tendentes, sin duda, a establecer la pureza del producto.

Todo estaba claro. La entrega de un importante alijo de droga, tal como lo habíamos visto infinidad de veces en las películas, se estaba desarrollando allí, ante nuestros ojos. Y, justamente, del modo en que Cidraque había imaginado.

De no conocerle bien, de no haber comprobado ya en varias ocasiones la exactitud de sus deducciones, podía pensarse que sabía de antemano lo que iba a suceder.

Pero ni aun alguien como Cidraque puede preverlo todo. Y el siguiente acontecimiento dibujó en su cara una expresión de sorpresa tan rotunda como lo hizo en las de los hombres de la lancha, en la de Contreras, en la de Bereci y León y en la mía.

Se escucharon nuevos motores marinos, pero esta vez de una cadencia diferente. Y de la oscuridad surgieron las siluetas plateadas de dos patrulleras rápidas de la Armada. Aunque se acercaban a toda máquina, la gran distancia a la que habían tenido que fondear para no ser descubiertas permitió la reacción de los traficantes.

Les oí cambiar sincopadas frases en francés, y con inusitada rapidez el hombre que permanecía a bordo de la lancha montó sobre la cubierta de la embarcación un voluminoso objeto que reconocí al momento.

—¡No es posible...! —exclamé sin poder evitarlo—. ¡Un misil! ¡Tienen un misil!

## 11 *Volar en pedazos*

Ni más ni menos. Un misil filodirigido cuya efectividad pudimos comprobar de inmediato.

El hombre se sentó frente al control, se llevó el visor al ojo derecho y, tras apuntar durante unos breves instantes, oprimió el disparador. El proyectil, dejando tras de sí una brillantísima estela, partió como un rayo en dirección a la más cercana de las patrulleras.

Apenas cinco segundos después se produjo el impacto y la noche se iluminó una, dos, tres veces, al mismo tiempo que otras tantas explosiones sacudían la embarcación militar hasta hacerla volar por los aires en mil pedazos.

Visto y no visto.

El estallido iluminó las Chafarinas por unos instantes.

León y Cidraque quedaron petrificados ante la escena. Bereci, algo más expresivo, se llevó las manos a la cabeza mientras lanzaba un grito que el sonido de las explosiones ahogó por completo. Yo me arrojé de bruces al suelo, completamente aterrorizado.

A partir de ese momento se hizo el caos.

La segunda patrullera abrió fuego de cañón sobre la playa, y en unos segundos toda la isla del Congreso se convirtió en un infierno.

Por fortuna, los hombres de la lancha, seguramente por no contar con otro misil, decidieron la huida. El que permanecía en tierra saltó sobre la cubierta tras haber lanzado a bordo la maleta con el dinero. Aun en medio del fragor producido por los disparos, cada vez más precisos, de la patrullera, la puesta en marcha de los cinco potentísimos motores fueraborda produjo un bramido impresionante.

Rápidamente la embarcación se separó de la orilla marcha atrás para, acto seguido, girar sobre sí misma, justo antes de recibir tal impulso de sus propias hélices que por un largo instante se colocó casi en vertical, con su proa apuntando a las estrellas, dando la sensación de que volcaría de un momento a otro. Sin embargo, tras dosificar mejor los mil quinientos caballos de potencia de sus motores, el piloto logró hacer descender la doble quilla y, cuando el casco de la lancha se colocó, por fin, paralelo a la superficie del agua, la aceleración fue fulminante. La planeadora, como si un gigante hubiese tirado de ella desde el continente, se precipitó a una velocidad casi impensable en busca de la costa norteafricana.

A bordo de la patrullera las decisiones se tomaron con rapidez. Considerando que quienes permanecían en la isla no podrían ir muy lejos, se optó por perseguir a la velocísima embarcación. Por supuesto, la nave militar no podía competir en rapidez con la de los traficantes, que estaría durante ya muy pocos segundos al alcance de su fuego. Así que se intentó a la desesperada.

Las ametralladoras pesadas echaron a ladrar. Las balas trazadoras cruzaron la oscuridad como diminutas estrellas fugaces, persiguiéndose enloquecidamente unas a otras. Y cuando ya parecía que la planeadora conseguiría escapar, una de las ráfagas logró interceptar su trayectoria. Fue una chiripa, claro. De hecho, sólo tres de los cientos de proyectiles disparados por la patrullera hicieron impacto en la fueraborda. Pero fue bastante.

Uno de ellos tan sólo causó ligeros desperfectos en la amura de babor. Pero el segundo atravesó al piloto de la nave de parte a parte, abriéndole a la altura del abdomen un boquete por el que cabía toda su vida. Ni siquiera consiguió gritar.

El tercer proyectil se estrelló en la popa, rompiendo el sistema de guiado del motor situado más a estribor. Como resultado, esos trescientos caballos dejaron de empujar en línea recta y la inesperada sacudida hizo volar a los dos tripulantes, uno ya cadáver, por encima de la borda.

La lancha, como enloquecida, con sus cinco motores a pleno gas, inició una amplísima trayectoria circular que la había de llevar muy cerca de su punto de partida.

No sé cómo logré darme cuenta. Supongo que fue una intuición. El sonido, los reflejos que la luz de la luna me enviaba... Lo cierto es que presentí el peligro abalanzándose sobre mí desde la oscuridad. Supe que la embarcación, convertida ahora en un bólido sin control, se me echaba encima. Lo supe. Corrí tan aprisa como pude, sin pensármelo dos veces, y eso me salvó.

La fueraborda alcanzó la orilla de la isla a más de ciento treinta kilómetros por hora. Tomó impulso sobre la rampa que formaba la corta playa e inició un vuelo de casi cuarenta metros de longitud hasta ir a estrellarse contra la falda de la colina, justo encima de donde yo me encontraba hacía unos segundos. Tras el terrorífico impacto y el inmediato estallido de los tanques de gasolina, no quedó de la lancha trozo mayor de tres palmos.

Gran parte de esos despojos —metal, fibra, vidrio— cortantes, ardientes como metralla, llovieron en torno mío mientras continuaba corriendo despavorido. Fue milagroso que ninguno de aquellos restos me alcanzara. Sin embargo, paradójicamente, algo relativamente voluminoso cayó ante mí y, al no poder evitarlo, tropecé con ello y caí de bruces al suelo. Escuché a mis espaldas nuevas explosiones y un crepitar de llamas. El rugido de los motores, tras alcanzar un máximo insoportable funcionando en el vacío, se apagó definitivamente.

Permanecí tumbado por espacio de al menos un minuto, cubriéndome la cabeza con los brazos y con la boca llena de arena. Si no me incorporé antes fue porque mi voluntad ya no conseguía obligar a mi cuerpo a obedecerla. Yo quería levantarme, pero algo dentro de mí deseaba esconderse bajo tierra y no salir ya más.

Y, cuando al fin mi otro yo me permitió volver a moverme, un dolor en el costado me indicó que algo en mis costillas quizá no estaba en su lugar correcto.

## *12 La muerte*

A partir de ese instante todos mis recuerdos no conforman sino una pesadilla, a ratos lúcida, pero también, por momentos, increíblemente confusa.

Seguramente estuve un tiempo inconsciente. Pudo ser desde unos segundos hasta, quizá, varios minutos.

Al regresar a la realidad, todavía entre brumas, escuché disparos; y, cuando al fin recobré el conocimiento, me sentí solo. Abandonado.

Al principio no supe qué significaba aquella sensación de orfandad. Pero pronto la realidad se encargó de indicármelo sin ningún género de dudas.

De nuevo oí una serie de disparos, respondidos inmediatamente por otros.

Me incorporé y corrí intentando alejarme de ellos, y lo hice en la dirección equivocada. Habría seguido corriendo toda la noche, quizá, pero tropecé de repente con un obstáculo que sólo alguien en mi estado habría dejado de ver.

Era León.

Estaba allí, tendido en mi camino, sobre la playa, con la cabeza una y otra vez bañada por las olas.

Me pregunté qué hacía allí, tan quieto, y el porqué de aquel agujero que le atravesaba el cuello de parte a parte y por el que aún manaba un líquido oscuro que enturbiaba el mar.

Cuando lo entendí, creí enloquecer. De rodillas en la arena, paseé a mi alrededor una mirada imprecisa de lágrimas con la que fui descubriendo el resto del horror que me faltaba.

A treinta pasos distinguí otro cuerpo. Jamás había sentido tanta repulsión, y, sin embargo, me arrastré hacia él.

Era Bereci. El pobre, corpulento, temeroso vasco que había visto más claramente que ninguno de nosotros el enorme error que estábamos cometiendo. No fue capaz de abrirnos los ojos y había pagado con su vida toda nuestra temeridad. Miraba hacia el horizonte, la cabeza apoyada sobre la mejilla derecha, sucia de arena gris. Me pareció que tenía la misma cara de incredulidad que yo mismo.

Pero él estaba muerto. Muerto.

Desde allí mismo vi a Cidraque. Su cuerpo formaba, junto a los de León y Bereci, los vértices de un triángulo en el que cabía todo lo que de incomprensible tiene la conducta del hombre.

Dios mío... Cidraque también. El hombre que creía saberlo

todo. Que seguramente todo lo sabía. Todo, excepto que allí iban a terminar sus horas.

Ahora supe por qué unos minutos antes, al despertar de entre el abismo, me había sentido tan solo. La conexión entre nosotros estaba rota. Contreras acababa de hacerla añicos, como había hecho añicos la vida de Elisa y todas las demás cosas de este mundo.

Mis tres compañeros habían muerto y yo ni siquiera sentía lástima. No podía. No tenía sitio para ella, tan sólo para el miedo. Si Cidraque había muerto, ¿qué posibilidad tenía yo de sobrevivir? Ninguna, por supuesto. Sin embargo, me di cuenta de que eso era algo que empezaba a carecer de verdadera importancia.

Y es que si hay un sentimiento que puede llegar a ser tan intenso e incontrolable como el miedo, ése es el deseo de venganza. Y ahora mi deseo de vengar la muerte de Elisa se había multiplicado por tres: por Bereci, por León y por Cidraque.

Sin saber lo que hacía —o quizá sabiéndolo sin saberlo—, trepé colina arriba, hasta alcanzar el punto más alto de la isla.

Pronto di con él. Avanzaba por la orilla con pasos cautelosos.

Con solo mirar la silueta lejana de Contreras, el arma en una mano, la maldita maleta en la otra, deseé matarle. Lo deseé con mucho más fervor de lo que había deseado nada en la vida.

Volví la vista hacia los cuerpos de mis compañeros muertos, arrojados allí como desperdicios, como restos de un naufragio, y la determinación se alió con mi deseo de venganza.

Lo haría. No se trataba de acabar con su carrera o su reputación, de arruinarle o de enviarle a la cárcel. Simple y llanamente, quería matarle. Quería verle cerrar los ojos para siempre.

## *13 Una posibilidad entre mil*

Me estaba buscando. Ya tenía la droga; a fin de cuentas, la causa de toda aquella masacre, pero no emprendía el regreso. Al ver a Cidraque, le habría resultado fácil imaginar que yo no andaría lejos. Por eso sus movimientos eran tan claros: quería acabar conmigo, igual que yo con él. Si me eliminaba, borraría el último testigo y, una vez de regreso en las galerías, de cuya existencia sólo él y yo sabíamos, ya nadie podría probar que estuvo aquí y que llevó a cabo la operación. Por fortuna me buscaba en una dirección equivocada, de momento, al menos.

Una línea de luz me vino entonces a la mente y decidí seguirla, a falta de algo mejor.

Descendí de nuevo hasta los restos de la planeadora, sin hacer ya caso del dolor de mi costado. Tenía la intuición de que entre ellos cabía la posibilidad de encontrar un arma en buen estado. Al fin y al cabo, aquella embarcación llevaba un verdadero arsenal a bordo.

No me equivocaba.

Cerca del lugar del impacto hallé un fusil ametrallador con el cañón completamente curvado. No tenía ninguna utilidad, pero me confirmó que mi idea no resultaba descabellada. Poco más allá, semienterrada, hallé una pistola automática. Pero tampoco hubo suerte. El mecanismo estaba encasquillado por la arena. Mi tiempo se agotaba. Ahora ya no tenía a Contreras a la vista, y bien podía estar acercándose o, incluso, a punto de descubrirme. Hallé otra pistola, pero sin cargador. Traté de colocarle el de la anterior. No eran del mismo modelo.

«¡Maldita sea...! ¡Maldita sea!»

Estaba perdiendo los nervios. ¿Acaso tendría que enfrentarme a Contreras sin otra defensa que arrojarle puñados de tierra?

Entonces vi algo..., pero no. Aquello no servía... ¡Un momento! ¿Y si...? Como en el avance de un telefilme, varias escenas rápidas cruzaron por mi mente. Deseé no haberlo pensado, pero ahora ya no había remedio. No lograría pensar en otra solución mejor ni peor. Era una locura. Necesitaría jugar con decisión y tener suerte, mucha suerte. Un océano de suerte quizá no bastase. Pero, al fin y al cabo, ¿qué más daba? De todos modos, ya todo estaba cumplido y no quedaba tiempo sino para morir.

El pasaporte final estaba allí, a mis pies. Aquella caja verde oscuro, dentro de la cual, flotando entre viruta de poliexpán, se mecían dos granadas de mano de fabricación americana, aparentemente en buen estado. Me introduje una en el bolsillo de la pernera y agarré la otra con la mano derecha.

Ahora tenía que llegar hasta el pasadizo antes de que lo hiciera él. Con mil precauciones fui cruzando la isla, camino de la entrada del túnel. En varias ocasiones oí las pisadas de Contreras muy cerca de mí, pero conseguí evitarle y ganar terreno poco a poco. Por fin, en lo más oscuro de la noche, cerca ya de las tres de la madrugada, di con el acceso e inicié el descenso de los nueve interminables tramos de escaleras. Afortunadamente, mi linterna había resistido la dura prueba de acompañarme durante las últimas horas.

Los doscientos setenta escalones fueron quedando atrás, acompañado cada paso por un pinchazo en las costillas. Me vi, por fin, abajo y enfilé el túnel entre las dos islas con la completa seguridad de estar recorriendo el camino hacia el cadalso. Y, sin embargo, mi determinación no hacía sino aumentar a cada paso, a cada minuto. Quizá mi vida estuviese a punto de concluir, pero si algo tenía por seguro era que la de Contreras tenía los latidos contados.

El túnel bajo el mar se me antojó mucho más largo que cuando lo recorrí en sentido inverso unas horas antes. El dolor de mi costado se había estabilizado, afortunadamente, antes de resultar insoportable.

Al llegar al punto medio, allí donde el agua se filtraba a través de la roca, empujada por la terrible presión del fondo del mar, me detuve. Sabía que era la zona más frágil de la galería, que era justo en ese lugar donde la distancia desde mi cabeza al fondo marino era menor y, por tanto, menor también la capa de rocas que ofrecían su protección a la galería. Rebasé ese punto crítico en diez o doce pasos, apagué la linterna y me dispuse a esperar en la oscuridad.

Tardó casi media hora. Seguramente me estuvo buscando sin descanso hasta que la patrullera concluyó su operación de rescate y se dirigió hacia la isla del Congreso.

Apoyado de espaldas contra la chorreante pared del túnel, distinguí el haz de su linterna aproximándose. Quité el seguro de anilla de la granada que llevaba en la mano. Escuché sus pasos, cada vez más cercanos, resonando en el túnel. Sujeté con firmeza la linterna con la mano izquierda. Sentía el corazón en los oídos y en los ojos; la cabeza, a punto de estallar. Ahora que ya era demasiado tarde, pensé que no saldría bien. Que apenas me viera, Contreras dispararía sobre mí y allí acabaría todo. Pero la suerte estaba echada.

Cuando calculé que se encontraba a unos veinte pasos de mi posición, me planté en el centro del túnel y, sujetando la granada en la mano, extendí el brazo derecho. Acto seguido, encendí la linterna, con el foco dirigido hacia allí precisamente: a la bomba con forma de piña. Mi única posibilidad de salvación consistía en que él se diera cuenta antes de dispararme de que, si lo hacía, la inevitable explosión le mataría a él también.

Y surtió efecto. Tuve la enorme suerte de que no llevaba la pistola en la mano. En la derecha sujetaba la maleta con la droga, y en la izquierda la linterna. Quizá eso me salvó.

Apenas me vio, ahogó un grito de sorpresa mientras retrocedía un par de pasos, dejaba caer la maleta y buscaba el arma en su cintura. Me apuntó con rapidez. Pero antes de abrir fuego comprendió. Quedó inmóvil. Indeciso por unos segundos.

—Buenas noches, capitán —dije entonces, procurando aparentar firmeza.

Tardó en responderme. Lo hizo tras lo que me pareció una risa ahogada.

—De modo que estabas aquí —dijo.

Ahora fui yo quien me tambaleé hasta casi dejar caer la bomba de mi mano. Y no fue la frase lo que me aturdió, sino la voz.

Atónito, giré el haz de mi linterna hasta iluminarle la cara.

No era Contreras. Era Cidraque.

## *14 Cómprate un Ferrari*

Por un brevísimo instante me sentí totalmente aliviado. Incluso estuve a punto de correr a abrazarle. Pero fue sólo un momento, porque la expresión de su rostro me hizo desconfiar inmediatamente.

Bajó el arma y sonrió. Pero ya era tarde. Había reaccionado con lentitud y su juego estaba al descubierto.

—Ten cuidado con eso, hombre —me recomendó con un tono afable—. ¿Sabes la que se puede organizar aquí si la dejas caer al suelo?

Hizo ademán de aproximarse a mí, pero yo no tenía la menor intención de permitírselo.

—¡Quieto, Cidraque! ¡No des ni un paso!

—¿Qué te ocurre? —exclamó gesticulando—. Vamos, vamos... tranquilízate. Ya estamos a salvo.

No conseguía resultar convincente.

—De modo que el tercer muerto era Contreras. Tú le mataste, ¿no es cierto?

Cidraque se encogió de hombros.

—Sí, lo hice. Se trataba de él o de mí.

—Y también a Bereci. Y a León.

—¿Qué dices? ¿Que yo...? No, no, no, por Dios, no... Contreras mató al vasco y al otro, y estuvo a punto de matarme a mí. Y también habría acabado contigo de haber tenido la ocasión...

—Mientes —le grité.

—¿A qué viene esto? ¿No querías acabar con Contreras? ¡Pues ya está! Lamento que no hayas podido hacerlo tú en persona, pero no tuve otro remedio. Logré arrebatarle el revólver y se lo vacié en la cara. Una atrocidad, de acuerdo, pero ¿qué habrías hecho en mi lugar?

—¡Cállate! ¡Mientes! Me das asco.

—No. Nunca te he mentido. Tú lo has visto. Yo te explicaba mis teorías y todo sucedía como yo había previsto. Jamás te engañé.

Nos iluminábamos mutuamente la cara con la luz de nuestras linternas. Entre nosotros, justo en medio, la inquietante gotera de agua salada lloraba sin descanso sus lagrimones mediterráneos.

—Eso es cierto —reconocí—. Nunca equivocaste tus predicciones. Siempre dabas en el clavo. Me tenías maravillado. Todo cuanto aventurabas se convertía en realidad. Como si tuvieras una bola de cristal. Como si..., como si ya lo supieras de antemano.

—¡Yo no sabía nada! —gritó con rabia—. Eran hipótesis, teorías, deducciones demasiado brillantes para una pobre mente como la tuya.

—Tú lo has dicho: demasiado brillantes para resultar creíbles. Conforme iban apareciendo nuevos datos, tú los encajabas hasta formar una teoría incontestable. De nuestro asalto a Mayoría sólo te quedas con un documento: el plano de estas galerías, que resultan ser las utilizadas por Gayarre y Contreras. Deduces que las entregas se realizan en Chafarinas y te destinan a Chafarinas al día siguiente. Deduces que la operación se llevará a cabo esta noche en la isla del Congreso y aciertas lugar, modo, procedencia y casi, casi hasta la hora exacta...

—Sí. ¡Sí! Y a ti te revienta, ¿verdad? Nada más odioso para un mediocre como tú que codearse con gente de talento. ¡Eso es lo que te revienta, lo que te ha venido reventando desde que me conociste!

Trataba de ponerme furioso, de hacerme perder los nervios.

—Desde el principio estabas de acuerdo con Gayarre, ¿no es eso? Él iba a estar en el hospital y necesitaba vigilar de cerca a Contreras, del que no se fiaba un pelo. Fue Gayarre, no Contreras, quien movió los hilos para que salieras del calabozo. Él te dijo qué debías encontrar en las oficinas de Mayoría. Él consiguió que te enviasen a Chafarinas junto con Contreras y te contó el modo de hacer las entregas y el plan concreto para esta ocasión, que incluía la muerte de Elisa...

—No dices más que estupideces. Tiras a bulto y no sabes ni con qué disparas. En dos minutos te demostraría tus errores uno por uno, si es que fueras capaz de entenderlo.

—¡Basta ya! Me da igual que las cosas sean así o de otro modo. Pero ahora, si la vista no me engaña, has cogido el maletín. ¿Qué pensabas hacer con él, sino llevarle la mercancía a tu amigo Gayarre? Él es el único capaz de ponerla en circulación, y ahora va a tener un nuevo socio en sustitución del que ha pasado a mejor vida... junto con Elisa, dos chicos excelentes y otra gente que no tenía por qué haber muerto.

—¡Yo no los maté! ¡Te lo juro! Es cierto que cogí el maletín.

¿Por qué no? Ha costado muchas vidas y no era cuestión de dejar escapar una oportunidad como ésta. ¿Sabes lo que hay aquí? Heroína purísima. Con un solo kilo de este polvo puedes irte a las Bahamas e iniciar una nueva vida. Pero no hay un kilo... Con cinco kilos podrías dedicarte a conocer mundo el resto de tus días. Pero no hay cinco kilos... Con diez kilos puedes arreglarle el futuro a tus descendientes durante seis generaciones. Pero no hay diez kilos. ¡Hay veinte kilos! No necesitamos a Gayarre absolutamente para nada. ¿No te das cuenta, socio? Antes del amanecer podemos estar en Argelia, y de allí... a cualquier parte. El mundo es muy grande.

Sus ojos seguían diciéndome a las claras que mentía. Tardé unos segundos en dar mi última respuesta.

—No, Cidraque. Tarde o temprano tendría que darte la espalda y ése sería mi final.

Su rostro se endureció mientras volvía a levantar la pistola hasta apuntarme a la cabeza.

—No necesito que me des la espalda para acabar contigo. Lo haré si no colocas de nuevo el seguro en esa granada.

Sonreí levemente.

—Al contrario; si colocase el seguro es cuando me matarías sin dudarlo. Pero sabes que la explosión derrumbaría la bóveda y tú tampoco lograrías escapar con vida.

Con su silencio, Cidraque confirmó mis palabras. Al cabo de unos segundos, sin dejar de apuntarme, volvió a sonreír.

—Esto se ha convertido en un magnífico callejón sin salida.

—Eso parece...

—Te propongo una solución. Déjame salir. Mientras tengas esa granada en la mano, sabes que no dispararé contra ti. Déjame salir. Te cedo la mitad de la heroína del maletín. Haz lo que quieras con ella. Si se te comen los escrúpulos, tírala al mar y piensa en la cantidad de gente a la que habrás hecho un favor. Me da igual. Dame quince minutos de ventaja y no volverás a verme jamás.

—No.

—¡No te pases de imbécil! Te estoy ofreciendo la mitad de una fortuna cuando podría llevármela toda. ¿A estas alturas me tomas por tonto acaso? Tú jamás soltarás esa granada porque eso significaría también tu muerte, y no tienes suficientes agallas, ni para matar, ni para morir. Esa granada puede ser tu seguro de vida, sí, pero no representa ninguna amenaza para mí.

—Si tan seguro estás, haz la prueba.

—Claro que la voy a hacer. Has jugado bien. De farol. Pero no me lo trago, así que voy a coger el maletín y voy a salir de aquí. ¿Está claro?

—Ni se te ocurra. Si das un solo paso, volaremos los dos.

—No eres capaz —dijo él con estudiada ligereza.

Abrió el maletín, sacó una bolsa de kilo y la depositó en el suelo.

—Eso es para ti. Cómprate un Ferrari. Y ahora, adiós.

Avanzó hacia mí.

—Adiós, Cidraque —dije.

Arrojé la granada a medio camino entre él y yo.

Aún aguardé un instante, para ver su expresión de infinita incredulidad. A continuación eché a correr hacia la isla de Isabel II.

Cidraque, sin soltar el maletín, huyó en sentido opuesto, gritando como un poseso.

—¡Siempre fuiste un imbécil!

La bomba no estalló al caer al suelo, pues el impacto fue demasiado débil. Pero cinco segundos más tarde el detonador químico cumplió su cometido y sobrevino la explosión.

## *15 Como en mis mejores tiempos*

Al no tener otra salida, la onda expansiva recorrió el túnel en ambas direcciones como un huracán. Pese a la pequeña potencia del artefacto y a la distancia que me separaba ya de la deflagración, sentí algo parecido a la embestida de un toro, que me levantó del suelo y me hizo volar al menos una decena de metros.

Quedé aturdido por un momento, tendido en el suelo, envuelto en una nube de humo asfixiante que, impensablemente, se disipó con rapidez.

Tenía que haber echado a correr en busca de la salida, pero, para mi desgracia, la linterna continuaba en mi mano izquierda y, lo más asombroso, funcionaba. Y al tener luz de nuevo, la vista se me fue de inmediato al lugar de la explosión. Increíblemente, la bóveda había resistido. Las filtraciones de agua habían aumentado escandalosamente, pero no se había producido el derrumbamiento. Ésa fue mi primera sorpresa. La segunda surgió de inmediato, cuando creí oír unos sonidos algunos metros más allá y dirigí la luz de mi linterna hacia allí.

Cidraque se apoyaba contra la pared, sujetando aún la pistola con ambas manos. Llevaba la cara ensangrentada y creo que jamás olvidaré su expresión de odio.

—Maldito... seas —musitó haciendo un esfuerzo increíble.

Se orientó por la luz de mi linterna y oprimió el gatillo. Hasta cuatro veces.

Los proyectiles pasaron silbando a unos centímetros de mi cabeza. Uno de ellos se incrustó en la pared, escupiendo esquirlas de roca sobre mi cara. Apagué la linterna y rodé sobre mí mismo para despistarle. Cidraque siguió disparando como un loco. Cuando agotó el cargador, colocó otro y volvió a disparar a bulto. De nuevo sentí las balas volando enloquecidas en torno mío y pensé si acaso aquella pesadilla jamás tendría fin.

Pero lo tuvo. Yo se lo di.

Busqué la segunda granada en el bolsillo de la pernera. Le arranqué el seguro de anilla. Me orienté por los continuos fogonazos de la pistola de Cidraque y la lancé.

Esta vez estalló al tocar tierra. Nuevamente sentí la onda expansiva golpeándome con la contundencia de un jugador de fútbol americano. Derribándome al suelo una vez más.

Esta vez el bramido de la explosión fue seguido por un sonido espeluznante, mezcla de tormenta y terremoto, de alud y de catarata. Encendí la linterna y miré. Fue un solo segundo antes de salir corriendo. En la parte superior del túnel se había abierto un boquete de algo más de un metro de diámetro y por él se estaba precipitando el mar Mediterráneo, con la contundencia, la desmesura, la exageración que sólo la naturaleza posee y derrocha.

Calculé que estaba a unos doscientos metros del final del túnel, allí de donde partía el primero de los nueve tramos de escaleras, camino de la galería superior.

En mis buenos tiempos de atleta podía correr los doscientos metros lisos en veintiocho segundos. ¿En cuanto tiempo sería capaz de hacerlo ahora? Y en todo caso, ¿sería suficiente para escapar de aquel infierno de agua salada que se precipitaba desde el fondo del mar?

Había recorrido la mitad del camino. Cien metros. Quince segundos. Pensé: «No lo conseguirás. Vas a morir aquí, en Chafarinas, en el último rincón del mundo, víctima de tu propia estupidez».

Las escaleras estaban a tan sólo cincuenta metros. Pero para entonces habrían entrado ya en el túnel más de medio millón de litros. El agujero en la bóveda había aumentado de tamaño. El agua se precipitaba a una velocidad espeluznante y con una fuerza sobrecogedora.

¡Diez metros tan sólo! Pero el agua me llegaba ya a la rodilla. Con un último esfuerzo, con el costado taladrado por el dolor, con los pulmones ardientes y el corazón desbocado por el esfuerzo, me arrojé sobre los primeros escalones. La razón me gritaba que continuase, que la salvación estaba aún muy lejos; pero no podía dar un paso más. Estaba atenazado por el esfuerzo y agarrotado por el miedo.

Cuando logré ponerme en marcha de nuevo, el nivel de agua en el túnel superaba con mucho el metro de altura.

Estaba agotado y ahora tenía que subir los nueve larguísimos tramos de escaleras y hacerlo tan deprisa como pudiese. Una vez que el túnel se inundase por completo, el agua seguiría presionando con toda su fuerza, ascendiendo como en un sifón por los dos huecos de escaleras a una tremenda velocidad hasta alcanzar el nivel del mar. Cosas del principio de los vasos comunicantes.

Antes de que eso sucediese, yo tenía que llegar arriba.

¿De cuánto tiempo dispondría? ¿Dos minutos? ¿Tres? Quizá,

ni eso. Se me antojó imposible. Ni en mi mejor condición física, que estaba muy lejos de ostentar entonces, lo habría logrado.

Tenía que intentarlo, pese a todo.

Ahora volví a sentir el dolor del costado. Arriba. Vamos. Primer tramo. Más deprisa. ¡Más deprisa! No, mejor coger un ritmo, uno, dos, uno, dos... Segundo tramo. Bueno. ¿Cuánto tiempo llevo? ¡Arriba, arriba! Tercero. Uno, dos, Uno, dos... ¡Cuarto! Llevo un buen promedio, pero ya no puedo ni con mi alma. He de bajar el ritmo. Quinto. Esto está hecho, pero me falta el aire. Calma, calma. ¡Calma! Cuento con unos segundos de más. Los que tarde el agua en ascender por las escaleras. Será muy poco, sí, pero quizá ahí estribe la diferencia entre la vida y la muerte. Sexto tramo. ¿Voy demasiado despacio? Bien... ¿Qué es eso? ¿Qué es ese ruido? ¿Y el aire? ¿Por qué se mueve? ¿Ya? ¡El túnel se ha inundado por completo! El agua está ocupando el lugar del aire. Lo empuja hacia arriba. Es como una brisa que... ¡Séptimo...! La oigo subir. Es como una catarata al revés. Inconcebible. Parece hervir a borbotones mientras se precipita ¡de abajo arriba! Es para volverse loco. ¡Octavo! Está tan, tan cerca...

Pero ya no hay tiempo. En un instante, la marea que asciende me envuelve por completo y me vapulea como si fuera una cáscara de nuez. Con la diferencia de que una cáscara de nuez flota.

¡No puedo contener la respiración! Estoy agotado y los pulmones me piden aire, pero estoy rodeado de agua. Si abro la boca, será el fin. No sé dónde estoy. Braceo y braceo sin saber en qué dirección. La oscuridad es absoluta. ¡Necesito una bocanada de aire! Me golpeo la cabeza contra la pared. ¡Mi cuello! Creo que es el fin. Me doy cuenta de cómo voy a morir. Voy a intentar aspirar y mis pulmones se llenarán de agua salada. ¿Qué ocurrirá después? ¿Será muy larga la agonía? Oh, Dios, espero que no...

En medio del torbellino, encuentro de nuevo apoyo para los pies. Con mis últimas fuerzas, ya de modo automático, me doy impulso. No sé en qué dirección. Extiendo los brazos tratando de asirme a algo y lo que encuentro es... ¡Aire! ¡Tengo las manos fuera! ¡El nivel del agua ya no aumenta! ¡Estoy en la superficie!

Las primeras bocanadas son agónicas, hasta el punto de pensar que voy a perder el conocimiento. Me duele el pecho, los oídos, la garganta. La garganta sobre todo. Me palpita el cuello como si fuera a reventar.

Sigo en medio de la oscuridad más absoluta.

Lo mismo podría estar ciego.

Pese a no ver nada, cuando logro serenarme no me resulta difícil reconocer lo que voy tanteando. El comienzo de la escalera..., el corto tramo hasta la galería principal... Bien, ya estoy en ella y sigo en tinieblas.

Voy a sentarme a descansar.

Quizá duerma un poco.

¿Qué hora será? Ni siquiera puedo leer la hora en mi reloj. Pero, en todo caso, es de noche aún. Eso, seguro. Será mejor que espere a que se haga de día. Quizá entonces se filtre algo de luz por algún sitio. Claro que, ni aun con luz estoy seguro de saber encontrar la salida de este laberinto.

«Dios mío, pero si estoy chorreando... Si me duermo así, igual agarro una pulmonía. Será mejor que me quite la ropa... Será mejor... Dormiré unas horas y luego trataré de salir. Quizá consiga recordar el camino de regreso a la tumba de don Francisco de Mendoza. ¿O era don Miguel de Calatrava?»

Estoy rendido...

Buenas noches.

Tuve las más espantosas pesadillas que recuerdo haber padecido jamás. Constantemente me despertaba sobresaltado para encontrarme siempre inmerso en la misma impenetrable oscuridad, hasta el punto de no hallar la más leve diferencia entre mantener los ojos abiertos o cerrados. Era una sensación tan desquiciante que, sin poderlo evitar, rompía a llorar como un niño una y otra vez. Me encontraba, sin embargo, tan profundamente agotado que, casi de inmediato, volvía a quedarme dormido.

Y de pronto se hizo la luz.

El haz amarillento de una potente linterna se apoyó sobre mis ojos. Y pasé de la oscuridad perfecta al resplandor total sin por eso lograr escapar de mi ceguera, pues ver, lo que se dice ver, seguí sin ver nada en absoluto.

Afortunadamente, junto a la luz regresó también la palabra.

—Pero, cabo... ¿Me explicarás qué carajo haces aquí desnudo, o, más exactamente, en totales cueros vivos?

Juro por lo más sagrado que nada de lo que he escuchado en mi vida, ni el más exquisito de los poemas, ni la más conseguida de las escenas dramáticas, ni el más oportuno y rico comentario, ha logrado conmover mi alma, ni alegrar mi corazón, ni acercar más mi mente a la dicha completa, de lo que lo hizo aquella pedestre frase del sargento primero Teodoro.

# Epílogo

ESTABAN al tanto de todo, los muy asquerosos.

En el Departamento de Inteligencia Militar andaban tras la pista de las operaciones de Gayarre y Contreras. Sólo esperaban el siguiente viaje de uno de ellos a Chafarinas para cogerlos con las manos en la masa, no sólo a ellos, sino también a sus proveedores. Pero la decisión de Gayarre de deshacerse de Villalba, con quien había venido manteniendo turbias relaciones, trastocó por completo el panorama. Tal como Cidraque sospechó, la droga destinada a matar a Villalba acabó en manos de Júdez y Moliner. Ello, junto con el hábil y arriesgado modo en que Gayarre eliminó por fin a Villalba, confundió a los investigadores militares, que no lograban atar cabos correctamente. Y cuando Contreras, precipitadamente, decidió llamar a Cidraque, cundió ya el desconcierto. Se sospechaba de todos y de todo, pero de un modo tan poco consistente que se optó por esperar acontecimientos. En las altas esferas se consintió que las maniobras de Contreras para sacar a Cidraque del calabozo surtieran efecto, como una forma de darles cuerda a los dos capitanes para que ellos mismos se ahorcaran. Desde entonces, se intentó que todos los sospechosos estuviésemos siempre vigilados, tarea de la que se encargaron, entre otros, los tenientes Manzaneque y Montoya, al volante de su Mercedes rojo de gasoil.

En conjunto, el asunto fue considerado un verdadero desastre. Se acabó con el principal centro de suministro de heroína de Melilla, sí pero, por contra, la posterior escasez de droga provocó un alza de los precios y, por consiguiente, una escalada de los delitos cometidos por los *yonquis* y varias muertes entre los adictos, que llegaban a inyectarse cualquier porquería con un mínimo parecido con la heroína. Además, no tardó en aparecer un nuevo suministrador en la ciudad aunque, eso sí, al ejército le quedó la excusa de decir que ya no se trataba de un militar.

A cambio de tan corto resultado murieron León Zambrano y Jon Bereciartua, además de cuatro de los tripulantes de la patrullera destruida por los traficantes. Y Júdez, Moliner y Villalba. Y el capitán Contreras. Y Elisa, su mujer, aunque el juez declaró no probada la relación de su muerte con el asunto. Y el capitán Gayarre, que se suicidó poco antes de que fueran a detenerle.

Demasiados muertos para poder presumir de éxito.

A Álvaro Cidraque se le declaró oficialmente «desaparecido», ya que, pese a que los buceadores de la Compañía de Mar y de la Guardia Civil registraron palmo a palmo el túnel inundado y sus alrededores, su cadáver jamás apareció. Ni tampoco el maletín. Un puro tecnicismo que quizá me libró de afrontar un juicio por homicidio.

Precisamente, si algo me ha subyugado desde entonces ha sido el recuerdo de la personalidad de Cidraque —sin duda una de las más sugestivas de cuantas he tenido ocasión de conocer— y el papel que él jugó en aquella trágica partida.

Siempre me ha perseguido la duda de si, como me aseguró en nuestro último encuentro, mató a Contreras en defensa propia y entonces, y sólo entonces, se sintió cegado por el enorme valor del contenido de aquel maletín o, por el contrario, todos nuestros movimientos respondieron a un plan minucioso ideado por él desde un principio con la intención de apoderarse de la droga y eliminar a todos los testigos. Un plan en el que quizá la única conducta imprevisible fue la mía.

HAN PASADO SIETE AÑOS desde aquello y pensé que ya nunca obtendría una respuesta. Esta tarde, sin embargo, al volver del trabajo, he encontrado un Ferrari aparcado a la puerta de mi casa. Doña Engracia, la portera, me ha dicho que el hombre que lo conducía ha preguntado por mí. Al informarle ella de que yo estaba fuera, ha sonreído de un modo peculiar y ha dicho que volvería más tarde.

Ahora estoy aquí, esperándole.

Tengo miedo. Quizá tanto como tuve en Chafarinas.

El Ferrari sigue ahí abajo.

El sol se está poniendo.

# *Índice*

## Colección GRAN ANGULAR

1 / *Jean-Claude Alain,* **Los muchachos de Dublín**
3 / *Eve Dessarre,* **Danièle en la isla**
7 / *Luce Fillol,* **María de Amoreira**
8 / *Ch. Grenier-W. Camus,* **Cheyenes 6112**
10 / *John R. Townsend,* **El castillo de Noé**
11 / *William Camus,* **Un hueso en la autopista**
14 / *Jan Terlouw,* **Invierno en tiempo de guerra**
15 / *María Halasi,* **Primer reportaje**
16 / *André Massepain,* **Los filibusteros del uranio**
17 / *Lucía Baquedano,* **Cinco panes de cebada**
18 / *Rosemary Sutcliff,* **Aquila, el último romano**
19 / *Jordi Sierra i Fabra,* **El cazador**
20 / *Anke de Vries,* **Belledonne, habitación 16**
21 / *Willi Fährmann,* **Año de lobos**
23 / *María Gripe,* **El abrigo verde**
24 / *W. Camus-Ch. Grenier,* **Una india en las estrellas**
26 / *Willi Fährmann,* **El largo camino de Lucas B.**
29 / *Thea Beckman,* **Cruzada en «jeans»**
30 / *Jaap ter Haar,* **El mundo de Ben Lighthart**
31 / *María Gripe,* **Los escarabajos vuelan al atardecer**
32 / *Jordi Sierra i Fabra,* **...En un lugar llamado Tierra**
33 / *Anke de Vries,* **El pasado quedó atrás**
34 / *Carmen Kurtz,* **Querido Tim**
36 / *Montserrat del Amo,* **La piedra de toque**
38 / *María Gripe,* **El rey y el cabeza de turco**
40 / *María Gripe,* **Agnes Cecilia**
44 / *Käthe Recheis,* **El lobo blanco**
47 / *María Gripe,* **La sombra sobre el banco de piedra**
49 / *María Gripe,* **El túnel de cristal**
51 / *Forrest Carter,* **La estrella de los cheroquis**
52 / *Lensey Namioka,* **En el pueblo del gato vampiro**
54 / *Fernando Lalana,* **El zulo**
55 / *Carlos-Guillermo Domínguez,* **Atacayte**
56 / *Alfredo Gómez Cerdá,* **La casa de verano**
58 / *Jordi Sierra i Fabra,* **Regreso a un lugar llamado Tierra**
62 / *José Luis Martín Vigil,* **Habla mi viejo**
64 / *Albert Payson Terhune,* **Lad, un perro**
67 / *Montserrat del Amo,* **La encrucijada**
68 / *Jordi Sierra i Fabra,* **El testamento de un lugar llamado Tierra**
69 / *Helen Keiser,* **La llamada del muecín**
70 / *Lene Mayer-Skumanz,* **Barro entre las manos**
74 / *Leonor Mercado,* **Cuaderno de bitácora**
75 / *Carlos-Guillermo Domínguez,* **Sosala**
76 / *Anke de Vries,* **Cómplice**
77 / *Jordi Sierra i Fabra,* **El último verano miwok**
79 / *Jordi Sierra i Fabra,* **El joven Lennon**
81 / *Isolde Heyne,* **Cita en Berlín**
82 / *Juan M. San Miguel,* **Alejo**
83 / *Federica de Cesco,* **El caballo de oro**
84 / *María Gripe,* **Aquellas blancas sombras en el bosque**
86 / *Jan Terlouw,* **Barrotes de bambú**
87 / *John Hooker,* **El capitán James Cook**
88 / *Carlos Villanes Cairo,* **Destino: la Plaza Roja**
90 / *Miguela del Burgo,* **Adiós, Álvaro**
91 / *Andy Tricker,* **Voy a vivir**
92 / *Thomas Jeier,* **El apache blanco**
94 / *Urs M. Fiechtner,* **Historia de Ana**
95 / *Fernando Lalana y Luis Puente,* **Hubo una vez otra guerra**
96 / *Rodrigo Rubio,* **La puerta**
97 / *Alfredo Gómez Cerdá,* **Pupila de águila**
99 / *Liva Willens,* **A veces soy un jaguar**
100 / *Jordi Sierra i Fabra,* **La balada de Siglo XXI**
102 / *Fernando Lalana,* **Morirás en Chafarinas**
103 / *Gemma Lienas,* **Así es la vida, Carlota**
104 / *Josep Francesc Delgado,* **Las voces del Everest**
105 / *Emili Teixidor,* **El soldado de hielo**
106 / *Carlos Villanes Cairo,* **Retorno a la libertad**
107 / *Sheila Gordon,* **¡Ni una hora más!**
108 / *Alice Vieira,* **Úrsula**
109 / *María Gripe,* **Carolin, Berta y las sombras**
110 / *Juan M. San Miguel,* **Cerco de fuego**
112 / *Carlos Puerto,* **Akuna matata**
114 / *Sigrid Heuck,* **El enigma del maestro Joaquín**
115 / *Francesc Sales,* **Diario de Alberto**
118 / *Maite Carranza,* **La selva de los arutams**
119 / *Joan Manuel Gisbert,* **La frontera invisible**
120 / *Peter Dickinson,* **Mi madre es la guerra**
121 / *Nicole Meister,* **La historia de Mon**
122 / *Mette Newth,* **Secuestro**
123 / *Werner J. Egli,* **Tarantino**
125 / *Manuel Alfonseca,* **Bajo un cielo anaranjado**
126 / *Mercè Canela,* **Partitura para saxo**
127 / *Xavier Alcalá,* **Contra el viento**
128 / *Gillian Cross,* **La hija del lobo**
130 / *José Luis Velasco,* **El guardián del paraíso**
131 / *Mecka Lind,* **A veces tengo el mundo a mis pies**
132 / *Joachim Friedrich,* **El tango de Laura**
133 / *Lola González,* **Brumas de octubre**
134 / *Jordi Sierra i Fabra,* **Malas tierras**
135 / *Nina Rauprich,* **Una extraña travesía**
136 / *Gillian Cross,* **Nuevo mundo**
137 / *Emili Teixidor,* **Corazón de roble**
138 / *Berlie Doherty,* **Querido nadie**
139 / *José Luis Velasco,* **El misterio del eunuco**
141 / *Nacho Docabo,* **Murió por los pelos**
142 / *Ángela Vallvey,* **Kippel y la mirada electrónica**
145 / *Werner J. Egli,* **Sólo vuelve uno**
146 / *Lola González,* **Guárdate de los Idus**

## Edición especial:

29 / *Thea Beckman,* **Cruzada en «jeans»**
31 / *María Gripe,* **Los escarabajos vuelan al atardecer**
102 / *Fernando Lalana,* **Morirás en Chafarinas**
111 / *Joan Manuel Gisbert,* **La noche del eclipse**
113 / *Jordi Sierra i Fabra,* **El último set**
116 / *Vicente Escrivá,* **Réquiem por Granada**
117 / *Fernando Lalana,* **Scratch**
124 / *Alejandro Gándara,* **Falso movimiento**
129 / *Juan Madrid,* **Cuartos oscuros**
140 / *Alejandro Gándara,* **Nunca seré como te quiero**
143 / *Jesús Ferrero,* **Las veinte fugas de Básil**
144 / *Antoni Dalmases,* **Doble juego**